校注古典叢書
〈新装版〉

伊勢物語

片桐洋一 校注

明治書院

一 じゝれをこうねかうありしてから乃京か寿つのゐしも志ふよ〜てう更よいは夛りの小よいとかゝめほ〜ろ ちへふてうらもん/\る見こかい よみ く/\る見れもほえす あちさよい とえしかくてありき れもこゝちよしは名わ た との

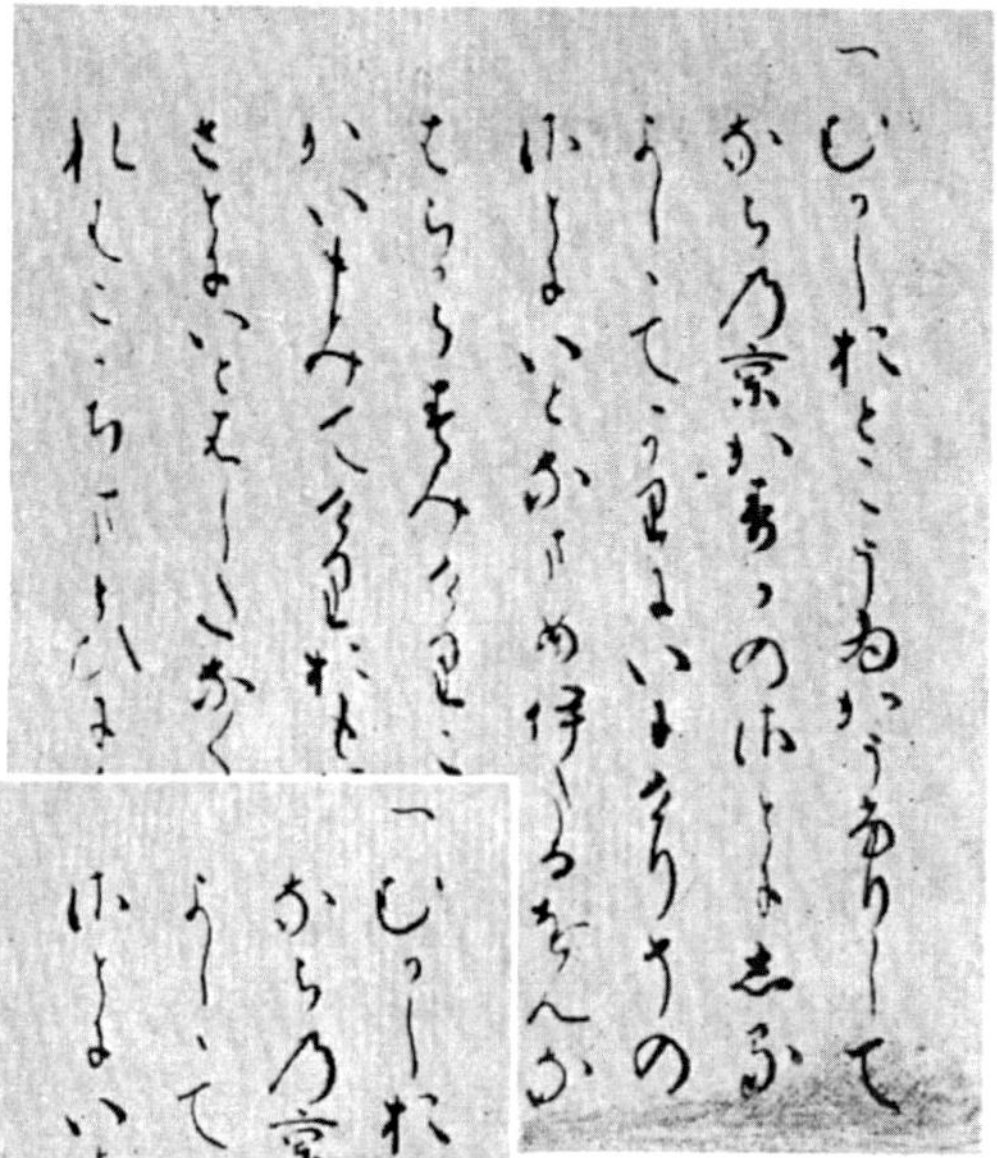

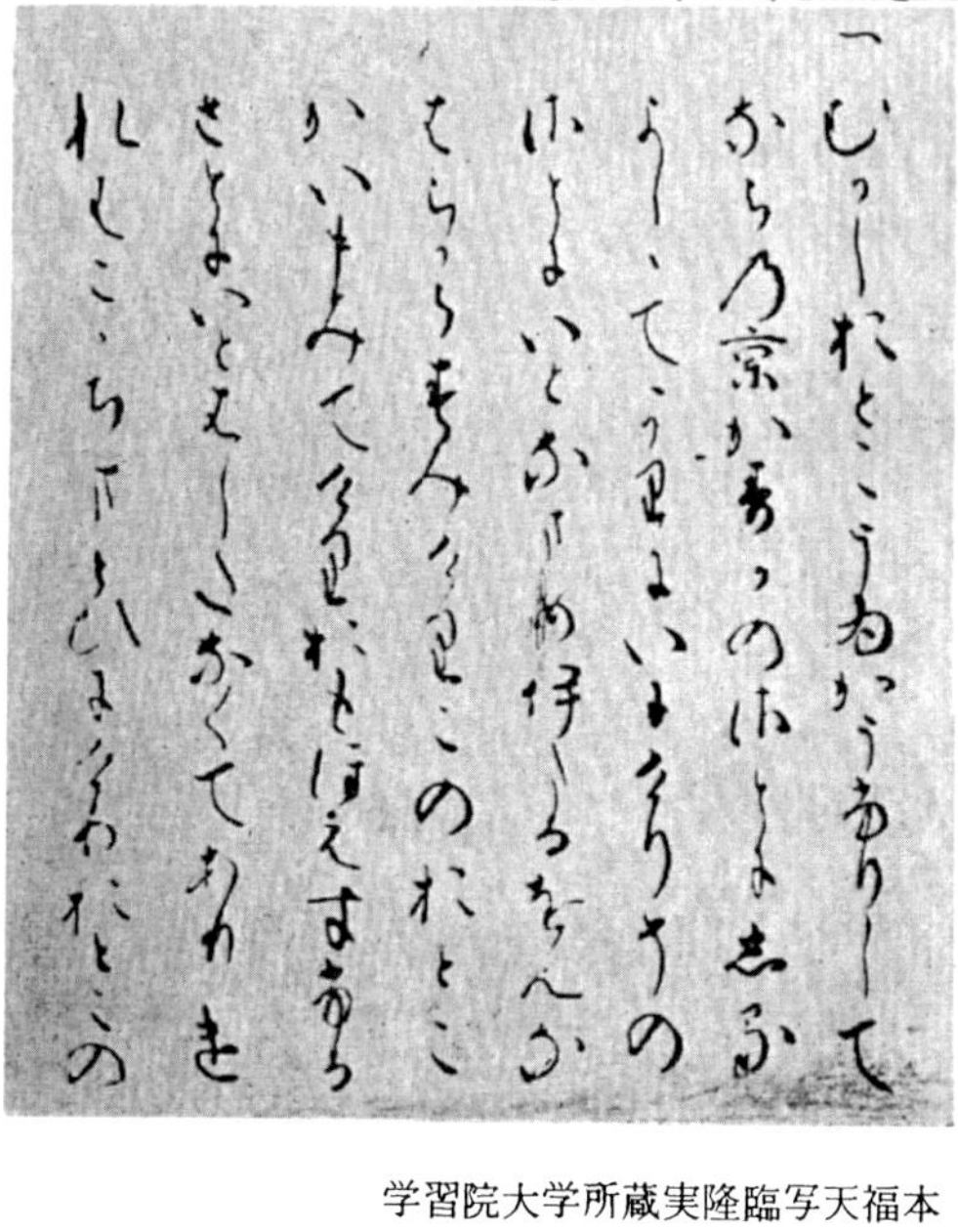

学習院大学所蔵実隆臨写天福本

むしくたにこゑあかるまてなきてそのあり
家かあらハれぬへきよゝまて
いまゝてわひしといとひしすみかこそのみたゝこひしかりけれ
そのうちにそのねをきくにむ
かしのことそおもひいてらるゝ
たこゝろさしふかゝりける人に人にかはりてよめる
ほとゝきすなくやさつきのあやめくさ
あやめもしらぬこひもするかな

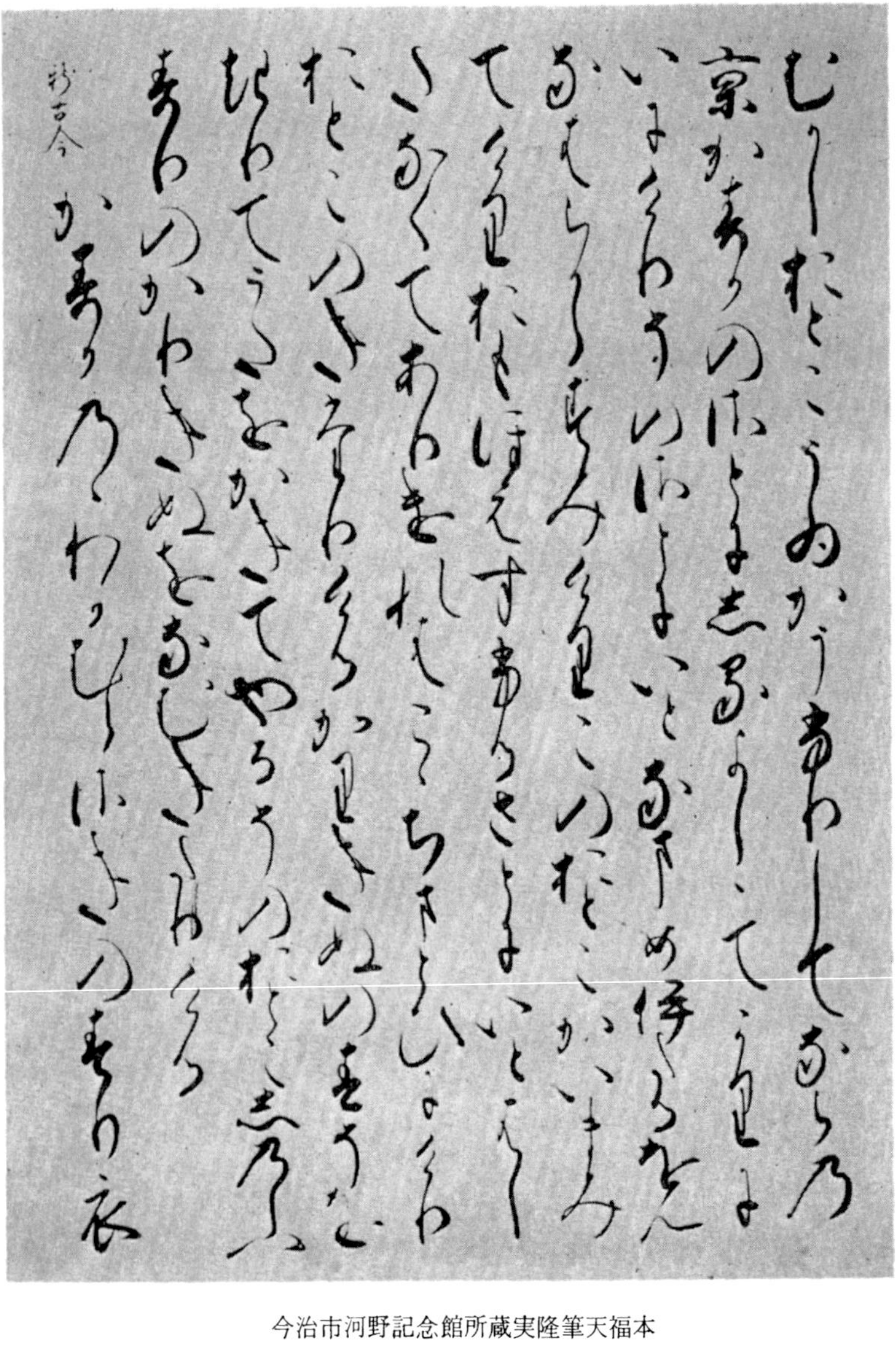

目次

凡例……二
本文（一〜一二五）……五
勘物と奥書……一〇八
解題……一一五
関係系図（一〜三）……一四八
関係年表……一五一
和歌各句索引……一五七
語彙索引……一六九

凡例

一、本文は、学習院大学図書館所蔵の伝定家筆天福本（実は三条西実隆が定家自筆本を臨写したもの）と今治市河野記念館所蔵三条西実隆筆天福本を中心に、その他の天福本をも参看して、定家自筆天福本をそのままに復原しようとしたものである。

一、ただし、読解の便をも考慮して左のような校訂を加えた。

①本文は歴史的仮名遣に統一した。ただし、右の二本における定家の用字法がこれと異なる場合は、定家の用字法を右傍に示した。

②漢字と仮名の区別、重点・畳点の使用などは、原則として右の両本から復原した定家のそれに従ったが、著しく不適当なものについては、これを改めた。

③段落、句読点、濁点、会話の括孤などを私に付した。

④両本のうち一本の誤りと思われる点については、よい方を採ってその旨を頭注に記し、また両本に共通する誤りについてもこれを改めて、その旨を頭注に明記した。

一、作中人物の和歌に番号を付した。普通は初段の「陸奥のしのぶもぢずり」と八七段の「芦の屋の灘のしほやき」の二首をもその数に加え和歌二百九首とするが、これらは本文の中で注釈的説明の役をはたしているに過ぎぬので番号を付さなかった。したがって作中人物の和歌は全部で二百七首である。

一、理解を助けるため、解題のほかに、関係系図・関係年表・和歌各句索引・重要語彙索引を付した。

第一段

むかし、を《お》とこ、[1]うひ《ゐ》かうぶりして、ならの京、かすがのさとに、[2]しるよしして、かりにいにけり。そのさとに、いとなまめいたるをんなはらからすみけり。このを《お》とこかいまみてけり。おもほえず、ふるさとに、いと[3]はしたなくてありければ、こゝちまどひにけり。[4]を《お》とこのきたりけるかりぎぬのすそをきりて、うたをかきてやる。そのを《お》とこ、[5]しのぶずりのかりぎぬをなむきたりける。

[6]かすがののわかむらさきのすり衣
しのぶのみだれかぎりしられず　(一)

となむ[7]お《を》ひ《い》つきていひやりける。[8]ついでおもしろきことゝもや思ひけん。[9]「みちのくの忍ぶもぢずりたれゆゑ《へ》にみだれそめにし我ならなくに」といふうたの心ばへなり。[10]むかし人はかく[11]いちはやきみやびをなんしける。

1 元服・叙爵の両説があるが、「冠りす」という動詞型の用例はすべて元服の場合である。また伊勢物語の方法と構成から考えても元服説がよい。
2 「領る由して」、領地のある関係で。「津の国にしる所ありけるに」（六六段）「芦屋の里にしるよしして」（八七段）。
3 不似合いで。
4 「の」は「きたりける」に対する主語のつもりであったが、全体の主語になってしまった。
5 忍草の葉を摺りつけて模様とした布地。
6 古今六帖第五（三三〇九）作者名無。在中将集。雅平本業平集。
7 「追ひ継ぎて」、すぐ追いかけるようにして。「若さ」に主題があり「老いづきて」とは解せない。
8 歌を贈った手はず。思ったのは女である。以下、作者の感想。
9 古今集恋四（七二四）河原左大臣。第四句「みだれむと思ふ」、ただし、元永本などは「みだれそめにし」。古今六帖第五（三三一二）作者名無。雅平本業平集。一解題（一二五ページ）、勘物（一一一ページ）参照。
10 解題（一二八ページ）参照。
11 はげしい。「いちはやく言ひければ」（大和・六四段）。

第二段

むかし、を《お》とこ有りけり。[1]ならの京ははなれ、この京は人の家まださだまらざりける時に、にしの京に女ありけり。その女、世人にはまされりけり。その人、[2]かたちよりは、心なんまさりたりける。ひとりのみもあらざりけらし。それを、かの[3]まめをとこ、うちものがたらひて、かへりきていかが思ひけん、時はやよひのついたち、あめそほ《を》ふるに、やりける。

[4]おきもせずねもせでよるをあかしては
春の物とてながめくらしつ　（二）

第三段

むかし、を《お》とこありけり。けさうじける女のもとに、[5]ひじきもといふものをやるとて、

1　解題（一二五ページ）参照。

2　簡単な行文をとるこの物語が特にこの点を強調しているのに注意。

3　いちずな男。

4　古今集恋三（六一六）在原業平朝臣。新撰和歌第四。古今六帖第一（四五七）業平。同第五（三五九三）業平。在中将集。雅平本業平集。

5　海草のひじき。倭名抄では「鹿尾菜」と書き「ヒズキモ」とよむ。八七段の「みる」の場合でもわかるように、海草は当時甚だしく珍重されていた。

思[6]ひあらばむぐらのやどにねもしなん
ひ[7]しきものにはそでをしつゝも　(三)

二[8]条のきさきの、まだみかどにもつかうまつりたまはで、たゞ人にておはしましける時のこと也。

第四段

むかし、ひんがしの五条に、おほきさいの宮[9]おはしましける、にしのたいに、すむ人有りけり。それを、[10]ほいにはあらで心ざしふかゝりけるひと、ゆきとぶらひけるを、む月の十日ばかりのほどに、ほかにかくれにけり。[11]ありどころはきけど、人のいきかよふべき所にもあらざりければ、猶、うしと思ひつゝなんありける。

又のとしのむ月に、むめの花ざかりに、こぞをこひていきて、たちて見、ゐて見、見れど、こぞにるべくもあらず。うちなきて、[12]あばらなるいたじきに、月のかたぶくまで、ふせりて、こぞを思ひいで

6 「相手を思うなら」「相手が自分を思うなら」の両説あるが、一般化して言ったものとすべきであろう。なお、大和物語一六一段ではこれを二条后の歌としている。

7 引き敷き物。裏に「ひじきも」をよみこんだ物名の歌。

8 勘物（一一〇ページ）参照。

9 「おはしましける、その西の対に」、伊勢物語を始め、当時の文によくある形。終止形に改めるのは不可。

10 「本意にはあらで」、始めからそうしようと思っていたわけではなくて。「心ざしふかかり」に続く。すでに入内の予定のある二条后との関係を想像させる書き方であろう。

11 右に同じ。入内したのであろう。

12 人が住んでいないので荒れはてた感じをあたえるのである。すだれなども取り除かれているからである。

て《゛》、よめる。

月[1]やあらぬ春や昔の春ならぬ
　わが身ひとつはもとの身にして　（四）

とよみて、夜のほの〴〵とあくるに、なく〳〵かへりにけり。

第五段

むかし、をとこ《お》有りけり。ひんがしの五条わたりに、いとしのびていきけり。みそかなる所なれば、かどよりもえいらで、わらはべのふみあけたる[2]ついひぢのくづれよりかよひけり。ひとしげくもあらねど、たびかさなりければ、あるじ、きゝつけて、そのかよひぢに夜ごとに人をすゑ《へ》てまもらせければ、いけども、えあはで、かへりけり。さてよめる。

ひ[3]としれぬわがか《゛》よひぢのせきもりは
　よひ〳〵ごとにうちもねななん　（五）

1　二つの「や」を疑問ととるか反語ととるか、またそれに伴って「もとの身にしてもとの身にあらず」と補って訳すか否かなど議論が多い。客観的事実としては、月も春もわが身も変わっていないが、主観的には、変わらぬはずの月や春までが変わってしまったのではないかと疑われるほどに情況が変わってしまったと嘆いているのである。業平独特の歌格の大きさの中に訴えるような哀切さが秘められているのを味わうべきである。古今集恋五（七四七）在原業平朝臣。古今六帖第五（三九〇四）業平。在中将集。雅平本業平集。

2　泥をつみあげて作った塀。倭名抄「築垣」を「ついがき、あるいはついひぢ」としているが、「ひぢ」は「ちりひぢ」の「ひぢ」と同じであろう。「ついぢ」と改めるのはよくない。

3　古今集恋三（六三二）業平朝臣。在中将集。雅平本業平集。

とよめりければ、いといたう[4]心やみけり。あるじ[5]ゆるしてけり。二条のきさきにしのびてまゐ《い》りけるを、世のきこえありければ、せうとたちのまもらせたまひけるとぞ。

第六段

むかし、をとこありけり。女のえうまじかりけるを、としをへて、よばひわたりけるを、からうじてぬすみいでて、いとくらきにきけり。あくたがは[6]といふ河をゐていきければ、草のうへにお《を》きたりけるつゆを、「かれはなにぞ[7]」となんを《お》とこにとひける。ゆくさきおほく、夜もふけにければ、おにある所ともしらで、神さへいといみじうなり、あめもいたうふりければ、あばらなるくらに、女をばおくにおし《を》いれて、を《お》とこ、ゆみやなぐひをおひて、とぐちにをり。はや夜もあけなんと思ひつゝゐたりけるに、おに、はやひとくちにくひてけり。「あなや」といひけれど、神なるさわ《は》ぎに、えきか

4 女が心を悩ましたのである。
5 館の主。女の保護者。
6 内裏の塵芥を流す川と考える説もあったが、物語を京都の内、特に二条后の兄たちが参内する途中であうにふさわしい場所にしなければならぬという前提から生まれた説である。芥川と言えば、当時歌枕として定着しつつあった摂津の芥川（今の高槻市）のこととすべきであろう。「月かげにわれをみしまの芥川あくとや君がおとづれもせぬ」（古今六帖第五・拾遺集恋五、初句「ほのかにも」）「人をとく芥川てふ津の国の名にはたがはぬものにぞありける」（拾遺集恋五、作者は、「延喜御時の承香殿中納言」）
7 高貴の女は、露を知らぬのである。

ざりけり。やう〳〵夜もあけゆくに、見れば、ゐてこし女もなし。あ[1]しずりをしてなけども、かひなし。

　[2]しらたまかなにぞと人のとひし時
　　つゆとこたへてきえなましものを　（六）

[3]これは、二条のきさきの、いとこの女御の御もとに、つかうまつるやうにてゐたまへりけるを、かたちのいとめでたくおはしければ、ぬすみておひていでたりけるを、御せうとほりかは[4]のおとゞ・たらう[5]くにつねの大納言、まだ下らふ《う》にて、内へまゐ《い》りたまふに、いみじうなく人あるをきゝつけて、とゞめてとりかへしたまうてけり。それを、かくおにとはいふなりけり。まだ、いとわかうて、きさきのたゞにおはしける時とや。

第七段

むかし、を《お》とこありけり。京にありわびて、あづまにいきけるに、

1　一般には「地団駄を踏む」と解されているが疑問がある。万葉集に「立ち走り叫び袖ふりこいまろび足ずりしつつ」（一七四〇）「こいまろび……あしずりしねの」（一七八〇）と「こいまろぶ（ころがりまわる）」と共に用いられ、名義抄でも「跪」という字を「タフル、マロブ、ヒザマヅク、アシズリ」と読んでいるからである。

2　新撰和歌第四。

3　ここから後の叙述が事実であり、これまで述べてきたことは、その事実をもとにして物語を作ったのだと言うわけである（解題一三二ページ参照）。

4　藤原基経。長良の三男で、叔父良房の養子となった。九七段参照。

5　長良の長男であるが、官位が基経より下であるので後に記した。延喜八年（九〇八）六月廿九日、八一歳で薨じた。

伊《い》勢・尾《お》張《はり》のあはひのうみづらをゆくに、浪のいとしろくたつを見て、

[6]いとゞしくすぎゆくかたのこひしきに
うらやま《山》しくもかへるなみかな

となむよめりける。（七）

第八段

むかし、を《お》とこ有りけり。京やすみうかりけん、あづまの方にゆきてすみ所もとむとて、[7]ともとする人ひとりふたりしてゆきけり。しなののくに、[8]あさまのたけに、けぶりのたつを見て、

[9]しなのなるあさまのたけにたつ煙
をちこち人の見やはとがめぬ

（八）

第九段

6 後撰集羇旅（一三五二）業平朝臣。ただし、河をわたる時の歌になっている。

7 友とする人。供人とする説はとらぬ。九段参照。

8 東海道から浅間山は見えない。

9 浅間山の噴煙は遠近どこにいる人にも見とがめられる。自分の燃ゆる想いも見とがめられ、東国に流浪せねばならぬことになったよ。

むかし、を《お》とこありけり。そのを《お》とこ、身を[1]えうなき物に思ひなして、「京にはあらじ。あづまの方にすむべきくにもとめに」とて、ゆきけり。もとより[2]友とする人ひとりふたりしていきけり。みちしれる人もなくて、まどひいきけり。みかはのくに、[3]やつはしといふ所にいたりぬ。そこをやつはしといひけるは、水ゆく河の[4]くもでなれば、はしをやつわたせるによりてなむやつはしといひける。そのさはのほとりの木のかげにおりゐて、[5]かれいひくひけり。そのさはに、かきつばたいとおもしろくさきたり。それを見て、ある人のいはく、「[6]かきつばたといふいつもじをくのかみに《へ》すゑて、たびの心をよめ」といひければ、よめる。

[7]から衣きつゝなれにしつましあれば
はる〴〵きぬるたびをしぞ思ふ　（九）

とよめりければ、みな人、かれいひのうへになみだおとして[8]ほとびにけり。

1 仮名遣に従って、一往、「要なし」としておくが「用なし(ようなし)」としてもよい。我が身を必要のないものと思いなすのである。「ようなきありきはよしなかりけり」(竹取物語)。
2 供人とする説は不可。次ページに「それを見て、ある人のいはく、『…たびの心をよめ』といひければ」から見ても明らかであろう。
3 今、愛知県碧海郡知立町にあるのが、その遺跡だという。
4 蜘蛛の手のように八方に広がっている様子をいう。灌漑用の小水路が分かれているのであろう。
5 乾飯。携行食糧にするため乾かした飯。
6 か・き・つ・は・た、の五文字を和歌の各句の頭に置く折句歌をよめというのである。
7 「唐衣」「着」「なれ」「褄」「張る」は縁語。「馴れ親しんだ妻が京にいるので、遙々とやってきた旅が身にしみてつらく思われる」という意を掛け詞と縁語で仕立てているのである。古今集羇旅(四一〇)在原業平朝臣。新撰和歌第三。古今六帖第六(三〇六)業平。在中将集。雅平本業平集。
8 オーバーな表現によるおもしろみをねらっている。

ゆき〳〵て、するがのくにゝいたりぬ。うつの山にいたりて、わがいらむとするみちは、いとくらうほそきに、つた・かへ《え》ではしげり、物心ぼそく、[9]すゞろなるめを見ることゝ思ふに、[10]す行者あひたり。「かゝるみちは、いかでかいまする」といふを見れば、見しひとなりけり。[11]「京にその人の御もとに」とて、ふみかきて、つく。

[12]するがなるうつの山べのうつゝにも
ゆめにも人にあはぬなりけり　（一〇）

ふじの山を見れば、さ月のつごもりに、雪いとしろうふれり。

[13]時しらぬ山はふじのねいつとてか
かのこまだらにゆきのふるらん　（一一）

その山は、[14]こゝにたとへば、ひえの山をはたちばかりかさねあげたらんほどして、[15]なりはしほじりのやうになんありける。

猶ゆき〳〵て、[16]武蔵のくにとしもつふさのくにとの中に、いとおほきなる河あり。それをすみだ河といふ。その河のほとりにむれゐて、

9 なんともいえないようなおそろしいめ。
10 修行者。
11 京にいるあの人の御もとに。一一六段参照。
12 古今六帖第二（八三八）「するがなる宇津のお山のうつつにも夢にも見ぬに人の恋しき」作者名無。西本願寺本忠岑集「するがなるうつの山のうつつにも夢にも君を見でややみなむ」。
13 古今六帖第一（六八七）作者名無。在中将集。雅平本業平集。
14 京都にたとえると。物語は都で語られているのである。
15 姿は塩尻のようであった。塩尻は、擂鉢を伏せたような砂山。海水をそそぎ、日にあたって表面に塩が浮き出た部分をとり出し、再び濃い塩分にして塩と砂を分離する。
16 下総国。

おもひやれば、「かぎりなくとほ《を》くもきにけるかな」とわびあへるに、わたしもり「はやふねにのれ。日もくれぬ」といふに、のりて、わたらんとするに、みな人、物わびしくて、京に思ふ人なきにしもあらず。さるを《お》りしも、しろきとりの、はしとあしとあかき、しぎのおほきさなる、みづのうへにあそびつゝ、いををくふ。京には見えぬとりなれば、みな人見しらず。わたしもりにとひければ、「これなん宮こどり」といふを、きゝて、

[1]名にしおはばいざ事とはむ宮こ鳥
　わがおもふ人はありやなしやと　（一三）

とよめりければ、舟こぞりてなきにけり。

第十段

むかし、を《お》とこ、武蔵のくにまでまどひありきけり。さて、そのくににある女をよばひけり。ちゝはこと人にあはせむといひけるを、は

1　古今集羇旅（四一一）業平朝臣。新撰和歌第三。古今六帖第二（一三四四）業平。在中将集。雅平本業平集。

2 埼玉県入間郡、みよし野の里は不詳。
3 諸注「たのむ」として、「田の面（も）」の方言で「頼む」を掛けているとするのが普通であるが如何であろうか。平安・鎌倉期には「尤」の草体をもって「む」「ん」「も」の三つに用いた。「たのむのかり」も「たのも（田の面）」と本来読むべきであったかも知れない。それに「頼む」をかけているとしてもよく、また掛けないで「あのみ吉野の田面の雁さえも…ましてわが娘は…」と解することもできる。次の返歌の場合も同様である。古今六帖第六（四三〇）作者名無。在中将集。雅平本業平集。
4 贈歌参照。古今六帖第六（四三一）作者名無。在中将集。雅平本業平集。
5 語り手の介入。

ゝなんあてなる人に心つけたりける。ちゝはなほびと《お》にて、はゝなんふぢはらなりける。さてなん、あてなる人にと思ひける。このむこがねによみておこせ《を》たりける。すむ所なむ、い[2]るまのこほりみよしののさとなりける。

みよしののた[3]のも《む》のかりもひたぶるに
きみがかたにぞよるとなくなる　（一三）

むこがね、返し、

わ[4]が方によるとなくなるみよしのの
たのも《む》のかりをいつかわすれん　（一四）

となむ。人[5]のくににても、猶、かゝることなんやまざりける。

第十一段

昔、をとこ《お》、あづまへゆきけるに、友だちどもに、みちより、いひおこせ《を》ける。

[1]わするなよほどは雲ゐになりぬとも
そらゆく月のめぐりあふまで　（一五）

第十二段

むかし、を《お》とこ有りけり。人のむすめをぬすみて、むさしのへゐてゆくほどに、ぬす人なりければ、[2]くにのかみにからめられにけり。女をばくさむらのなかにお《を》きて、にげにけり。みちくるひと、「この野はぬす人あなり」とて、火つけむとす。女、わびて、

[3]むさしのはけふはなやきそわかくさの
つまもこもれりわれもこもれり　（一六）

とよみけるを、きゝて、女をばとりて、ともにゐていにけり。

第十三段

昔、武蔵なるを《お》とこ、京なる女のもとに、「[4]きこゆれば、はづか

1　拾遺抄雑下橘忠基。拾遺集雑上（四七〇）橘忠基。ただし、古来風躰抄は大江為基の作とする。伊勢物語の中で、特に新しい作として古来問題にされてきた。

2　「からめられ」たという一段の結論を先に記し、その過程を次に具体的に記してゆくのである。

3　古今集春上（一七）詠人不知。ただし、初句「春日野は」。

4　「（武蔵で女ができたことを）申しあげればはずかしい。しかし、申し上げねば苦しい」。

し。きこえねば、くるし」とかきて、うはがきに、「[5]むさしあぶみ」とかきて、お《を》こせてのち、お《を》ともせずなりにければ、京より女、

[6]むさしあぶみさすがにかけてたのむには
　とはぬもつらしとふもうるさし　（一七）

とあるを見てなむ、たへがたき心地しける。

[7]とへばいふとはねばうらむむさしあぶみ
　かゝるを《お》りにやひとはしぬらん　（一八）

第十四段

むかし、を《お》とこ、みちのくににすゞろにゆきいたりにけり。そこなる女、京のひとはめづらかにやおぼえけん、せちにおもへる心なんありける。さて、かの女、

[8]中〱に恋にしなずはくはこにぞ
　なるべかりけるたまのをばかり　（一九）

5 武蔵産の鐙（あぶみ）、裏に「武蔵であふ身（女と結婚する身）」をこめる。

6 武蔵で結婚されたとは聞くものの、心にかけて頼りにしている私にとっては、おたよりのないのもつらく、おたよりがあるのもいやだという複雑な状態です。「むさしあぶみ」は「さす」の枕詞、また「かく」の縁語。

7 とえばうるさしと言い、とわねばうらむ。こういう時に、人は悩み苦しんで死ぬのだろうか。私も死にそうだ。「むさしあぶみ」は、「かかる」にかかる序詞。

8 なまじ恋に死んだりしないで蚕になった方がよい。たとえわずかな命であっても。蚕は雌雄一対ずつ同じまゆにこもるとされていた。万葉巻十二（三〇八六）「中中爾人跡不在者桑子爾毛成益物乎玉之緒許」。

[1]うたさへぞひなびたりける。[2]さすがにあはれとやおもひけん、いきて
ねにけり。[3]夜ふかくいでにければ、女、

[4]夜もあけばきつにはめなでくたかけの
まだきになきてせなをやりつる　（二〇）

といへるに、を《お》とこ、「京へなんまかる」とて、

[5]くりはらのあねはの松の人ならば
みやこのつとにいざといはましを　（二一）

といへりければ、よろこぼひて、「おもひけらし」とぞいひをりける。

第十五段

むかし、みちのくにて、[6]なでふ《う》ことなき人のめにかよひけるに、
あやしう、さやうにてあるべき女ともあらず見えければ、

[7]しのぶ山しのびてかよふ道も哉
人の心のおくも見るべく　（二二）

1 人柄はもとより歌までも。
2 そうは言うものの。
3 女に魅力がないから、早々に帰ったのである。
4 「きつ」は水漕の意の奥羽地方の方言。「はめなで」は、ぶちこんでしまおうの意。「で」は「む」の方言か。「くたかけ」は朽鶏のことと言う。夜があけたら水漕にぶちこんでやろう。老いぼれ鶏めが、まだ夜明けにもならないのに鳴いてあの人を帰してしまったよ。
5 「あねは」は宮城県栗原郡沢辺村姉葉、天福本「あれは」とあるが改めた。古今集東歌（一〇九〇）「をぐろ崎みつの小島の人ならば都のつとにいざといはましを」。
6 なんということもない、平凡な人妻。
7 忍山は岩代国信夫郡（今の福島市）にある。この歌、古今六帖第二（八六六）作者名無。

女[8]、かぎりなくめでたしとおもへど、さるさがなきえびすごゝろを見てはいかゞはせんは。

第十六段

むかし、き[9]のありつねといふ人有りけり。[10]三代《み世》のみかどにつかうまつりて、時にあひけれど、[11]のちは、世かはり、時うつりにければ、世のつねの人のごともあらず。人がらは心うつくしく、あてはかなることをこのみて、こと人にもにず。[12]まづしくへても、猶、むかしよかりし時の心ながら、よのつねのこともしらず。としごろあひなれたるめ[13]、やう〳〵[14]とこはなれて、つひ《ゐ》にあまになりて、あねのさきだちてなりたるところへゆくを、を《お》とこ、[15]まことにむつましきことこそなかりけれ、「いまは」とゆくを、いとあはれと思ひけれど、まづしければ、するわざもなかりけり。おもひわびて、ねむごろにあひかたらひけるともだちのもとに、「かう〳〵。『いまは』とてまかるを、なにご

8 女は非常にすばらしいことだと感激したが、そんなにセンスのない田舎人の心の奥など見てどうしようというのだ。語り手の立場からの発言。

9 勘物（一一〇ページ）参照。

10 歴史的事実としては、仁明・文徳・清和の三代。しかし、次項の「のちは世かはり」との関連において淳和・仁明・文徳とする説がある。

11 「妹の子に当る惟喬親王が即位せずに惟仁親王（清和）が即位したことをいう」とするのが通説であるが、如何であろうか。臆断の言うように史実との関係をあまり考えない方がよいのではないか。

12 伊勢物語の方法と精神を示す書き方。解題（一二九ページ）参照。

13 妻。

14 夫婦関係がなくなる。

15 「床離れ」といったことでもわかるように、むつまじく愛し合う間がらではなくなっていたが。

とも、いさゝかなることもえせでつかはすこと[1]」とかきて、おくに[2]、

手[3]をゝりてあひ見し事をかぞふれば
とを《お》といひつゝよつはへにけり　（二三）

かの[4]ともだち、これを見て、いとあはれと思ひて、よるの物[5]までおく《を》りてよめる。

年[6]だにもとを《お》とてよつはへにけるを
いくたびきみをたのみきぬらん　（二四）

かくいひやりたりければ、

これ[7]やこのあまの羽《は》衣むべしこそ
きみがみけしとたてまつりけれ　（二五）

よろこびにたへで、又、

秋[8]やくるつゆやまがふとおもふまで
あるは涙のふるにぞ有りける　（二六）

1 「つかはすこと（が残念だ）」
2 末尾に。
3 在中将集。雅平本業平集。下句―十年たった十年たったと言っているうちに、さらに四年たってしまった。すなわち十四年たったのである。なお、四十年と解する説もある。
4 この物語の主人公。
5 昼の衣はもちろん夜具まで。
6 在中将集。雅平本業平集。
7 紀有常の歌。「あまの羽衣」に天人の着る羽衣の意と尼の着物の意を掛ける。これが本当に尼の羽衣ですね。天人の羽衣だからこそ貴いあなたがお召物として着ていらっしゃったということでもあるわけですね。「奉る」は「着る」の敬語として用いられている。雅平本業平集。
8 これも有常の歌

第十七段

年[9]ごろお《を》とづれざりける人の、さくらのさかりに見にきたりければ、あるじ、

[10]あだなりとなにこそたてれ桜花
年にまれなる人もまちけり　（二七）

返し、

[11]けふこずはあすは雪とぞふりなまし
きえずはありとも花と見ましや　（二八）

第十八段

むかし、なま心ある女ありけり。をとこ《お》、ちかう有りけり。女、う[12]たよむ人なりければ、心見むとて、きくの花の[13]うつろへるををりて、を《お》とこのもとへやる。

9　伊勢物語全体で、ここだけが「昔」で始まらぬ。「昔」が脱落したのだという説もあるが、以下の文脈全体が、「昔、男、…」の形とは異質であって従えない。

10　移ろいやすいと定評のある桜の花でも、移ろわずして、年にまれなあなたという客人を待っているのですよ。古今集春上（六二）詠人不知。在中将集。雅平本業平集。

11　私が今日来たからよいが、もし来なかったら、明日は雪のようになって散ってしまっていただろう。たとえ、雪のように消えないにしても散ったものをそのまま花として見ることができましょうか。すっかり変わってしまったということになるのではありませんか。表面はこのように桜花についてのやりとりであるが、裏にはこの家あるじのことを言っているか。古今集春上（六三）業平朝臣。古今六帖第六（四二一〇）業平。在中将集。雅平本業平集。

12　男が歌をよむ人であったので。

13　白菊が紅色に移り変わるのを用いて、男の移り変わりやすい心を皮肉ったのである。

[1]紅ににほふはいづら白雪の
　枝もとをゝにふるかとも見ゆ　（二九）

を《お》とこ、[2]しらずよみによみける

[3]紅ににほふがうへのしらぎくは
　を《お》りける人のそでかとも見ゆ　（三〇）

第十九段

昔、を《お》とこ、宮づかへしける女の方に、ごたちなりける人をあひしりたりける、[4]ほどもなくかれにけり。おなじところなれば、女のめには見ゆる物から、を《お》とこは、「ある物か」とも思ひたらず。女、

[5]あま雲のよそにも人のなりゆくか
　さすがにめには見ゆる物から　（三一）

とよめりければ、を《お》とこ、返し、

[6]あまぐものよそにのみしてふることは

1　移り変わりやすいというあなたの心はどこ、白雪が枝がたわむほどにふったかのように真っ白で、移り変わりやすい所はどこにもないじゃありませんか。雅平本業平集。

2　相手の意図がわからぬ顔でよんだ。

3　紅に移り変わっているのに、変わっていないように見える白菊は、折ったあなたの袖のことではないのですか。あなたこそ変わりやすいお心をかくしておられるように見えますよ。

4　異本系に従って「けり」に改めてもよいが、このままでも、連体形の一用法として通ずる。

5　古今集恋五（七四）紀有常女。新撰和歌第四。在中将集。雅平本業平集。「あま雲の」は「よそ」の枕詞的に用いられている。

6　天の雲が（この場合は枕詞ではない）遠い他所で日を送っているのは、宿るべき山の風がはげしいゆえです。古今恋五（七八三）業平朝臣。ただし、初二句「ゆきかへり空にのみして」在中将集。雅平本業平集。

わがゐる山の風はやみ也　（三二）

[7]とよめりけるは、又、をとこ《お》ある人となんいひける。

第二十段

むかし、をとこ《お》、やまとにある女を見て、よばひてあひにけり。さて、ほどへて、宮づかへする人なりければ、[8]かへりくるみちに、[9]やよひばかりに、かへ《え》でのもみぢのいとおもしろきををりて、女のもとにみちよりいひやる。

[10]君がためたを《お》れる枝は春ながら
かくこそ秋のもみぢしにけれ　（三三）

とてやりたりければ、返事は、京にきつきてなん、もてきたりける。

[11]いつのまにうつろふ色のつきぬらん
きみがさとには春なかるらし　（三四）

7　とよんだのは、またほかに通う男がある女だからだと言うことである。語り手の介入説明。

8　京へ帰る道で。

9　三月ばかりであるのに。「五月のつごもりに」（九段）と同じ「に」の用法。

10　私の思いが胸に出て、かように紅葉した、と言うのである。

11　いつの間に心移りしたのでしょう。「秋の紅葉」とおっしゃるが、あなたの里は秋ばかり（厭きばかり）で春がないのではありませんか。「うつろふ」を「もみぢす」に置き換えた所に一首の眼目がある。

第二十一段

むかし、を《お》とこ、女、いとかしこく思ひかはして、こと心なかりけり。さるを、いかなる事かありけむ、いさゝかなることにつけて、[1]世の中をうしと思ひて、「いでていなん」[2]と思ひて、かゝるうたをなんよみて、物にかきつけける。

[3]いでていなば心かるしといひやせん
世のありさまを人はしらねば　（三五）

とよみお《を》きて、いでていにけり。[4]この女、かくかきお《を》きたるを、「けしう、心お《を》くべきこともおぼえぬを、なにによりてかかゝらむ」と、いといたうなきて、いづかたにもとめゆかむと、かどにいでて、と見、かう見、見けれど、いづこを[5]はかりともおぼえざりければ、かへりいりて、

[6]思ふかひなき世なりけり年月を

1　男女の仲。
2　主語は男とも女とも解せる。ここを、男にするか女にするかによって以下の和歌の作者がすべて変わってくる。次の歌の内容などから見て女が出ていったと解しておく。
3　古今六帖第四（二四七二）作者名無、一本業平。
4　女が出ていったとすれば、「かきおきたるを」に続くが、男が出ていったとすれば、「いといたうなきて」以下に続くことになる。
5　量り。あてど。見当。
6　女が出ていったとすれば、男の歌。男が出ていったとすれば女の歌。

あだにちぎりて我やすまひし　（三六）

といひて、ながめをり。

人[7]はいさ思ひやすらん玉かづら
おもかげにのみいとゞ見えつゝ　（三七）

この女、いとひさしくありて、ね[8]むじわびてにやありけん、いひお《を》こせたる。

今[9]はとてわするゝ草のたねをだに
ひとの心にまかせずも哉　（三八）

返し、

忘[10]れ草うう《ふ》とだにきく物ならば
思ひけりとはしりもしなまし　（三九）

又々、ありしより、け[11]にいひかはして、をと《お》こ、

わ[12]するらん《覧》と思ふ心のうたがひに
ありしよりけに物ぞかなしき　（四〇）

7　6の作者と同じ。しかし、女性の歌という感じ濃厚。万葉巻二（一四九）「人者縦念息登母玉蘰影爾所見乍不所忘鴨」倭大后。

8　我慢し切れなくなったのであろうか。

9　今はもう他人だと言って忘れてしまう種、ただそれだけでも、あなたの心にま（蒔）かせないようにしたい。やはり覚えていてほしい。

10　以下の歌、いずれも贈歌と答歌の照応が悪い。

11　一層、一段とまさって。

12　古今恋四（七一八）「わすれなむと思ふ心のつくからにありしよりけにまづぞ恋しき」詠人不知。

返し、

中[1]ぞらにたちゐるくものあともなく
身のはかなくもなりにける哉　（四一）

とはいひけれど、お《を》[2]のが世々になりにければ、うとくなりにけり。

第二十二段

むかし、はかなくてたえにけるなか、猶やわすれざりけん、女のもとより、

う[3]きながら人をばえしもわすれねば
かつうらみつゝ猶ぞこひしき　（四二）

といへりければ、「されば[4]よ」といひて、を《お》とこ、

あ[5]ひ見ては心ひとつをかはしまの
水のながれてたえじとぞ思ふ　（四三）

とはいひけれど、その夜いにけり。いにしへゆくさきのことどもなど

1 中空にいる雲のように、山へ戻ることもできず、そのまま宙ぶらりんの状態ではかなく消えてゆくことになってしまったよ。

2 それぞれの結婚生活にはいってしまったので。なお、この歌小式部内侍本・皇太后宮越後本などで別の段として独自な形をとっていることから見てもわかるように定着性のうすい歌である。

3 つらい結婚生活だったと思いながらも、あなたを忘れることができないので、一方でうらみつつ、一方ではやはり恋しく思われます。

4 思った通りだ。

5 一度結婚すると、心は一つであるよ。川の中の島にそって水が分かれ流れるように、いずれは一つに流れ合うだろうと思っているのにお前は離れて行って。前段と同じく女の方から去って行ったのであろう。

6 古今六帖第四（一九八七）「秋の夜の千夜を一夜になずらへて八千夜しねばや恋はさめなむ」作者名無。

7 田舎で生活していた人。本来都にいたが、生活のため田舎生活をしているのである。具体的には行商人説、地方官説があるが、いずれとも決める必要もない。解題（一三三ページ）参照。

いひて、

秋[6]の夜のちよをひとよになずらへて
　やちよしねばやあく時のあらん　（四四）

返し、

秋の夜のちよをひとよになせりとも
　ことばのこりてとりやなきなん　（四五）

いにしへよりもあはれにてなむかよひける。

第二十三段

むかし、ゐ[7]なかわたらひしける人の子ども、井のもとにいでて、あそびけるを、おとなになりにければ、を《お》とこも女も、はぢかはしてありけれど、を《お》とこは、「この女をこそえめ」とおもふ。女は、「このを《お》とこを」とおもひつゝ、おやのあはすれども、きかでなんありける。さて、このとなりのを《お》とこのもとより、かくなん、

(四六)　つゝゐつ[1]のゐづゝにかけしまろがたけ
すぎにけらしないも見ざるまに

女、返し、

(四七)　くらべこし[2]ふりわけがみもかたすぎぬ
きみならずしてたれかあぐべき

など、いひ〳〵て、つひ《ゐ》にほい[3]のごとくあひにけり。

さて、年ごろふるほどに、女、おやなく、たより[4]なくなるまゝに、「もろともに[5]、いふかひなくてあらんやは」とて、かうち[6]のくに、たかやすのこほりに、いきかよふ所いできにけり。さりけれど、このもとの女、「あし」とおもへるけしきもなくて、いだしやりければ、を《お》とこ、「こと心ありて、かゝるにやあらむ」と思ひうたがひて、せんざいの中にかくれゐて、かうちへいぬるかほにて見れば、この女、いとようけさうじ[7]て、うちながめて、

風[8]ふけばおきつしら浪たつた山

1　筒井は筒のように円形に堀り下げた井戸。井筒は井戸の上に設けた筒状の井戸側。合わせて、「筒井の井筒」と解せるが、間の「つ」の役割が説明つかぬ。別本の一部・真名本・広本系の「つつゐづつゐづつにかけし」なら語調を整えるためのくりかえしと理解できるが。改訂すべきかとも思うが、しばらくそのままにしておく。「かけし」は、「言いかけた」「欠けた」「かけ比べた」などの説があるが、井筒より高くなることを心にかけて願ったと解しておく。

2　どちらが長いか比べあってきたふりわけ髪（子供の髪型）も肩を越すほどに長くなった。夫と思い定めたあなた以外の誰が私の髪上げをしましょうか。

3　かねての望み通り夫婦になった。

4　生活のたよりがなくなるままに。

5　女と共にいて、しがない暮らしをしておれようか。

6　河内国高安郡。今の大阪府。

7　化粧して、物思いにふける様子で。

8　「風ふけばおきつ白浪」は、「たつた山」の「たつ」にかかる序詞。歌の主意は三句以下にある。あなたは夜半にひとり龍田山を越えられることでしょう。龍田山は奈良県生駒郡。古今集雑下（九九四）詠人不知。新撰和歌第

夜はにや君がひとりこゆらん　（四八）

とよみけるをきゝて、かぎりなくかなし[9]と思ひて、河内へもいかずなりにけり。

まれ〳〵、かのたかやすにきて見れば、はじめこそ心[10]にくゝもつくりけれ、いまはうちとけて、てづから[11]いひ《ゐ》がひとりて、[12]けこのうつは《わ》物にもりけるを見て、心うがりて、いかずなりにけり。さりければ、かの女、やまとの方を見やりて、

君[13]があたり見つゝをを《ゝ》らんいこま山
くもなかくしそ雨はふるとも　（四九）

といひて、見いだすに、からうじて、やまと人「こむ」といへり。よろこびてまつに、たび〳〵すぎぬれば、

君[14]こむといひし夜ごとにすぎぬれば
たのまぬ物のこひつゝぞふる　（五〇）

といひけれど、を《お》とこ、すまずなりにけり。

四。大和物語一四九段。古今六帖第一（四三六）かぐ山のはなのこ。同第二（五七）かごの山の花子。金玉集雑詠人不知。

9　いとおしい。

10　天福本「心にくも」であるが、「ゝ」の脱落と考えて補った。

11　飯匙。飯の杓子。

12　家子。従僕。

13　万葉集巻十二（三〇三二）「君之当見乍母将居伊駒山雲莫蒙雨者雖零」。生駒山は河内と大和の境。

14　あの方が来るだろうと待つ夜が毎夜来ぬままに過ぎてしまうので、もう期待していないけれど、しかし、やはりおしたいしながらすごしております。天福本「こひつゝそふる」であるが、武田本始め「こひつゝそぬる」とあって、あるいはその方がよいかとも思われる。いずれ草体の誤写であろう。

第二十四段

むかし、[1]を《お》とこ、かたゐなかにすみけり。を《お》とこ、「宮づかへしに」とて、わかれを《お》しみてゆきにけるまゝに、三[2]とせこざりければ、まちわびたりけるに、いとねむごろにいひける人に、「こよひあはむ」とちぎりたりけるに、このを《お》とこきたりけり。「このとあけたまへ」とたゝきけれど、あけで、うたをなんよみていだしたりける。

[3]あらたまの年のみとせをまちわびて
　たゞこよひこそにひ《ゐ》まくらすれ（五一）

といひいだしたりければ、

[4]あづさゆみま弓つき弓年をへて
　わがせしがごとうるはしみせよ（五二）

といひて、いなむとしければ、女、

[5]あづさ弓ひけどひかねど昔より

1 別本の多く、広本系などでは、「男」「女」とある。その方が次の「をとこ、宮づかへしに…」とあるのに続きやすい。

2 令の戸令に「其ノ夫、外蕃ニ没落シテ、子アルハ五年、子ナキハ三年帰ラザルトキ（中略）改メテ嫁トナルヲユルス」とあるのを踏まえていると言われている。

3 「あらたまの」は年の枕詞。

4 下二句の意は明瞭であるが、上句は解を得ない。神楽歌の「弓といへば品なきものを梓弓ま弓つき弓品ももとめず」を本歌として「しなじなの事」の意を「あづさ弓ま弓つき弓」によって表わした、つまり「種々のつらいことがあろうが、長い間…」と解くべきだとするのが通説であるが従えない。むしろ、折口博士のように古代信仰の名残りをとどめる呪術的な序詞とするか、つき弓―月―年と続く無意の序詞とすべきではないか。

5 万葉集巻十二（二九八五）「一本歌日、梓弓末乃多頭吉波雖不知心者君爾因之物乎」（二九八六）「梓弓引見縦見思見而既心歯因爾思物乎」古今六帖（三四三〇）「梓弓末のたづきは知らねども心は君によりにしものを」作者名無。

心はきみによりにし物を　（五三）

といひけれど、をとこ《お》かへりにけり。女、いとかなしくてしりにたちておひ《を》ゆけど、えおひ《をい》つかで、し水のある所にふしにけり。そこなりけるいはに、および[6]のちして、かきつけける。

あひおもはでかれぬる人をとゞめかね
わが身は今ぞきえはてぬめる　（五四）

とかきて、そこにいたづらになりにけり。

第二十五段

むかし、をとこ《お》有りけり。[7]「あはじ」ともいはざりける女の、さすがなりけるがもとに、いひやりける。

[8]秋ののにさゝわけしあさの袖よりも
あはでぬる夜ぞひちまさりける　（五五）

色ごのみなる女、返し、

6 傷ついた指の血で。

7 「会わない」とも言わない女で、しかしだからと言って、会おうとするわけでもない女のもとに。

8 秋の野に笹を分けて女のもとから帰ってきて露でぬれるよりも、会ってもらえないで独り寝をしている夜に涙でぬれる方がよほどひどいぬれ方であるよ。古今集恋三（六二二）業平朝臣。ただし、第四句「あはでこし夜ぞ」。古今六帖第一（五五七）作者名無。第三句「露よりも」、第四句「あはでこし夜ぞ」。同第五（三〇三七）業平。在中将集。雅平本業平集。

みるめなき[1]わが身をうらとしらねばや
かれなであまのあしたゆくくる　（五六）

第二十六段

むかし、を《お》とこ、五条[2]わたりなりける女をええずなりにけることとわびたりける、人の返ごとに、

おもほえず袖にみなと[3]のさわ《は》ぐ哉
もろこし舟のよりしばか《許》りに　（五七）

第二十七段

昔、を《お》とこ、女のもとに、ひと夜いきて、又もいかずなりにければ、女[4]の、手あらふ所に、ぬきすをうちやりて、たらひのかげに見えけるを、みづから、

我ばか《許》り物思ふ人は又もあらじと

1　会いもしない私をうらむべきやつだとお考えにならぬからか、うとくならないで足がだるくなるほどまでかよっていらっしゃるのですね。「みるめ」「うら」「あま」という縁語仕立ての歌。古今集恋三（六二三）小野小町。古今六帖第五（三〇二三）小町。小町集。

2　種々の説があるが、四段・五段の「東の五条わたり」の女との恋物語の延展と見て、次のように解しておく。「五条わたりの女を得ることができなかったよ」と悲しがったその男が、ある人に対する返事に。「ける」の連体形用法、三三段参照。

3　底本「みなと」の傍に「一本、なみだ」とあり、時頼本などもそのような本文になっているが、「みなと」の方がよい。大げさな表現をしているのがおもしろいのである。

4　女が、手を洗う所で、貫簀をなげやって、たらいに映ったわが影が見えたのを。「ぬきす」は細く削った竹を糸で編んだもので、水がとび散らないようにたらいの上にかけておくもの。

おもへば水のしたにも有りけり　（五八）

とよむを、こざりけるをとこ、たちきゝて、

[5]みなくちに我や見ゆらんかはづさへ
水のしたにてもろごゑになく　（五九）

第二十八段

昔、いろごのみなりける女[6]いでていにければ、

[7]などてかくあふごかたみになりにけん
水もらさじとむすびしものを　（六〇）

第二十九段

むかし、[8]春宮の女御の御方の花の賀に、[9]めしあづけられたりけるに、

[10]花にあかぬなげきはいつもせしかども

5　端の方に私が映っていませんか。あの蛙さえ、水の下で夫婦声を合わせて鳴くのですから。物思う人は決してあなただけではありませんよ。「みなくち」は水口、田へ水をせき入れる口。ここでは喩えであるので、たらいの端の方と訳しておいた。

6　定家本系以外の本の多くは「いでていにければ、いふかひなくて、男」となっている。この方が歌の作者が男であることがよくわかる。

7　「あふごかたみ」は「逢う期《ご》」を求めるのが難くなったの意。朸（あふご、天びん棒）と肩、及び籠（こ）と筐（かたみ）とを掛けている。

8　東宮の母である女御。二条后のことを暗示している。

9　召し加えられる。召人の一人を担当させられる。

10　花を見飽きず、もっと見ていたいという嘆きは毎年していたけれど、今日の、今宵はまた特別、こんな時はありませんでした。

けふのこよひにゝる時はなし　（六一）

第三十段

むかし、を《お》とこ、[1]はつかなりける女のもとに、

あふことはたまの[2]をばか《許》りおもほえて
つらき[3]心のながく見ゆらん　（六二）

第三十一段

昔、宮の内にて、あるごたちのつぼねのまへをわたりけるに、なにのあた[4]にか思ひけん、「[5]よしや、くさ葉《よ》にならんさが見む」といふ。を《お》とこ、

つ[6]みもなき人をうけへば忘草
お《を》のがうへにぞおふといふなる　（六三）

といふを、[7]ねたむ女もありけり。

1 わずかしか会えなかった女。
2 「玉の緒」は短いものの喩え。
3 女のつれない心。
4 讐。アタと清音で読む。
5 まあよい。草葉になって枯れる本性を見ましょうよ。うまいこと言っても結局離(か)れるのだから。草葉は枯れるもの、枯れると離（か）れるを掛けて言った。底本「くさばよ」とあるが改めた。
6 「うけふ」は、のろう。罪もない人をのろうと、忘草が自分自身の上に生えるということですよ。人に相手にされなくなってしまいますよ。
7 「よしや草葉よ…」と言った女と同人であるか否かについて両説ある。

第三十二段

むかし、物いひける女に、年ごろありて、

[8]いにしへのしづのをだまきくりかへし
むかしを今になすよしも哉　(六四)

といへりけれど、[9]なにともおもはずやありけん。

第三十三段

むかし、をとこ《お》、[10]つのくに、むばらのこほりに[11]かよひける女、[12]「このたびいきては、又《また》はこじ」とおもへるけしきなれば、をとこ《お》、

[13]あしべよりみちくるしほのいやましに
君に心を思ひ×ます哉　(六五)

返し、

[14]こもり江に思ふ心をいかでかは

8 古今集雑上(八八八)「いにしへのしづのをだまきいやしきもよきもさかりはありしものなり」詠人不知。古今六帖第四(三二五二)「いにしへのしづのをだまきいやしきもよきもさかりはありこしものを」作者名無。
9 後に「返事もなかりけり」を補って読むとよい。
10 八七段参照。
11 男が通った、その女。連体形の用法としては二六段参照。
12 男が今度出ていくと。
13 万葉集巻四(六一七)「従蘆辺満来塩乃弥益荷念歟君之忘金鶴」、新撰万葉下「自葦間満来潮之弥増丹思増納不飽君鉇」、古今六帖第三(四四六八)「芦間よりみちくる潮のいやましに思ひはませどあはぬ君かな」山口女王。
14 こもり江のように隠れて思う私の心を…。「こもり江」は、陸に深く入りこんで見えない入り江、あるいは草などが生い茂って見えない入り江という。「さして」は「棹さす」と「それとさし示す」の意を掛けている。

舟さすさを《ほ》のさしてしるべき　（六六）

ゐ[1]なか人の事にては、よしや、あしや。

第三十四段

むかし、を《お》とこ、つれなかりける人のもとに、

い[2]へばえにいはねばむねにさわ《は》がれて

心ひとつになげくころ哉　（六七）

お[3]もなくていへるなるべし。

第三十五段

むかし、心にもあらでたえたる人のもとに、

玉[4]のををあわ《は》を《お》によりてむすべれば

たえてののちもあはむとぞ思ふ　（六八）

1 女の歌についての語り手の発言。

2 言ってみると十分に思いを言えず、言わなければ胸が安からず、自分の心だけでなげいてばかりいるこの頃です。「えに」の「に」は打消「ず」の連用形。「え」は「得(う)」の未然形。古今六帖第四（三四九）「言えばえに言はねばくるし世の中をなげきてのみもすぐすべきかな」作者名無。

3 語り手の感想。「思うことを言えないなどと言いながら、臆面もなく言っているようだ。」「おもなし」は臆面もない、鉄面皮だ。諸注「恥ずかしい」ととるのは不可。

4 玉を貫く緒を「あわを」によって結んであるので、いったん絶えてしまった後も再び逢えるだろうと思っております。「あわを」は万葉集では「沫緒」の字をあてるが未詳。ただし拾遺集の歌の例から見るとルーズに縒った緒らしい。万葉集巻四（七六三）「玉緒乎沫緒二縒而結有者有手後毛不相在目八毛」（紀

第三十六段

昔、「わすれぬるなめり」と、とひごとしける女のもとに、

谷[5]せばみ峯まではへる玉かづら
たえむと人にわがおもはなくに　(六九)

第三十七段

昔、を《お》とこ、色ごのみなりける女にあへりけり。うしろめたく[6]や思ひけん、

我ならでしたひもとくなあさがほの
ゆふかげまたぬ花にはありとも　(七〇)

返し、

ふ[7]たりしてむすびしひもをひとりして
あひ見るまではとかじとぞ思ふ　(七一)

女郎)。

5 上三句は「たえむ」にかかる序であるが、谷から峯まで玉蔓が続いているように「長く続いていて」の意を含む。絶えてしまおうなどあなたに対して私は思いませんのに。万葉集巻十四(三五〇七)「多爾世婆美弥年爾波比多流多麻可豆良多延武能己許呂和我母波奈久爾」。

6 不安、気がかり。

7 万葉集巻十二(二九一九)「二為而結之紐乎一為而吾者解不見直相及者」。

第三十八段

むかし、きのありつね[1]がりいきたるに、ありきて[2]、お《を》そくきけるに、よみて、やりける[3]。

君に[4]より思ひならひぬ世の中の
人はこれをやこひといふらん　（七二）

返し、

ならはねば[5]世の人ごとになにをかも
恋とはいふととひし我しも　（七三）

第三十九段

むかし、西院[6]のみかどと申すみかどおはしましけり。そのみかどのみこ、たかいこと[7]申すいまそかりけり。そのみこうせさせ給ひて、おほんはぶりの夜、その宮のとなりなりけるを《お》とこ、御はふり見むと

1 紀有常のもとに。紀有常は勘物（一一〇ページ）および一六段・八二段など参照。なお、この段の内容は四八段の延展であろう。
2 外出しておそく帰ってきたので。
3 帰宅してから歌を贈ったのであろう。
4 私は恋ということを知らないが、あなたによって経験しました。世間の人は、この待つ苦しみを恋というのでしょうよ。
5 経験がないので世間の人に恋とは何かと聞きまわっていたが、よくわからず、やはりあなたによって始めて知りましたよ。世の中の人よりやはりあなたの方がよく知っていたよと色好み業平をひにくったのである。
6 淳和天皇。退位後西院に住まわれた。西院は四条の北、大宮の東。
7 崇子内親王。承和十五年五月十五日薨。十九歳。

て、女ぐるまに[8]あひのりていでたりけり。いとひさしう[9]ゐて[10]いでたてまつらず。[11]うちなきてやみぬべかりけるあひだに、[12]あめのしたの色ごのみ[13]源のいたるといふ人、これも、もの見るに、このくるまを、女ぐるまと見て、よりきて、[14]とかくなまめくあひだに、かのいたる、ほたるをとりて、[15]女のくるまにいれたりけるを、[16]くるまなりける人、[17]「このほたるのともす火にや見ゆらん。ともしけちなむずる」とて、のれるを《お》とこのよめる。

[18]いでていなばかぎりなるべみともしけち
　年へぬるかとなくこゑをきけ　（七四）

かのいたる、返し、

[19]いとあはれなくぞきこゆるともしけち
　きゆる物とも我はしらずな　（七五）

あめのしたの色ごのみのうたにては、[20]猶ぞありける。いたるは、したがふがおほぢ也。[21]みこのほいなし。

8 女と相乗って、
9 居て。
10 柩を出し申し上げない。
11 皆が泣いてようやく終わろうとしている間に。
12 天下最高の。
13 源至。嵯峨天皇―源定―至―挙―順（尊卑分脈）。
14 懸想のそぶりを示す。「人なまめきてありけるを」（四三段）
15 定家本以外は「女車」。
16 物語の主人公の男。
17 「この螢のともしている火で同乗の女が見られるかも知れぬ。螢のともし火を消してしまおう」と言って。
18 難解な歌である。内親王の柩車が出ていったならば、もう終わりだろうから、浮いた行動はしないで、螢のともし火を消して「まだ若かったのに」と内親王を惜しんで泣いている人々の声を聞いていなさい。諸注、法華経序品に仏の入滅を「如焔尽燈滅」とするを引く。在中将集。雅平本業平集。
19 同じく難解。大変かわいそうだ。泣く声はよく聞こえる。螢の灯火を消せというが、皇女の命と同様に、消えるものと私は知らないのだよ。（人は死んでも真滅するとは知りませんよ）法華経の「我雖説涅槃、是則非真滅」を諸注引く。在中将集。
20 今一歩であった。

第四十段

昔、わかきを《お》とこ、けしう[1]はあらぬ女を思ひけり。さかしらするおやありて、「思[2]ひもぞつく」とて、この女をほかへお《を》ひやらむとす。さこそいへ、まだお《を》ひ《い》やらず。人[3]のこなれば、まだ心いきほ《お》ひなかりければ、とゞむるいきほ《お》ひなし。女もいやしければ、すま[4]ふちからなし。さるあひだに、おもひはいやまさりにまさる。にはかに、おや、この女を[5]お《を》ひうつ。を《お》とこ、ちのなみだをながせども、とゞむるよしなし。ゐていでていぬ。を《お》とこ、なく〳〵よめる。

いで[6]ていなば誰か別《わかれ》のかたからん
ありしにまさるけふはかなしも　（七六）

とよみて、たえいりにけり。おや、あわ《は》てにけり。猶[7]、思ひてこそいひしか、いとかくしもあらじとおもふに、しんじちにたえいりにければ、まどひて願たてけり。けふのいり[8]あひばか《許》りにたえいりて、又の

---

21 皇女についての本意、つまり葬送の意義はまったくないと一応解しておくが、「い」を「ハ」の誤写として、「みこのほン（本）はなし」とする説がよい。みこの本（具平親王本か）にこの段全体がないか、末尾の注記だけがなかったと断わっているのである。

1 おかしくはない女。

2 ひょっとすると執してしまわないかと思って、

3 「人の子」で一語、子ども。

4 ことわる。一〇一段「すまひけれど…」。

5 追い棄（ウ）つ。

6 女が自分で出て行ったならば、別れることは簡単だ。しかし、そうではないのだから、これにまさる悲しみはない。古今六帖第四（三三六）作者名無。ただし、初句「いとひては」（伊勢物語でも定家本以外の大半の本は「いとひては」とする）。在中将集。雅平本業平集。

7 子どものためを思って言ったのだけれど。親の立場からの行文で純粋の地の文とは言えない。

8 日没頃。

日の[9]いぬの時ばかりになん、からうじていきいでたりける。[10]むかしのわか人は、さるすける物思ひをなんしける。いまのおきな、まさにしなむや。

第四十一段

昔、女はらからふたりありけり。ひとりは、いやしきを《お》とこのまづしき、ひとりはあてなるを《お》とこもたりけり。いやしきを《お》とこもたる、しはすのつごもりに、[11]うへのきぬをあらひて、てづからはりけり。[12]心ざしはいたしけれど、さるいやしきわざもならはざりければ、うへのきぬのかたを、はりやりてけり。せむ方もなくて、たゞなきにけり。これを、[13]かのあてなるを《お》とこきゝて、いと心ぐるしかりければ、いときよらなる[14]ろうさうのうへのきぬを、見いでて、やるとて、

[15]むらさきの色こき時はめもはるに
野なる草木ぞわかれざりける

9 午後八時ごろ。

10 昔の若人は、そのような打ちこんだ恋をしたのだ。その若人のなれのはてである今の翁はそんなことができようはずもない。解題（一二八ページ参照）。

11 袍。参内する時に着る男の正装の上着。

12 諸注、「注意は払ったけれど」と解するが如何。愛情は十分表わされたけれど「いたし」は動詞、「至るようにする」の意。「こころざし」は愛情。一〇五段参照。

13 かの物語の主人公。

14 緑衫。ロクサンの音転。六位の者が着る緑色の袍。

15 紫草の色の濃い時は目も遙々と見渡される限りの野の草木も紫草と同色に見えて区別できないのだ（妻に対する愛情の深い時は、おしなべてその縁につながる人は妻同様に心をかけずにはいられません）。古今集雑上（八六八）業平朝臣。古今六帖第五（三五〇一）業平、下句「野なる草木もあはれなりけり」。在中将集。雅平本業平集。

[1]むさしのの心なるべし。

第四十二段

昔、を《お》とこ、色ごのみとしる〳〵女をあひいへりけり。されど、にくくはたあらざりけり。しば〳〵いきけれど、猶、いと[2]うしろめたく、さりとて、[3]いかではたえあるまじかりけり。[4]なほ《を》はたえあらざりけるなかなりければ、ふつかみかばか《許》り、さはることありて、えいかで、かくなん。

[5]いでてこしあとだにいまだかはらじを
たがかよひぢと今はなるらん　（七八）

[6]ものうたがはしさによめるなりけり。

第四十三段

むかし、[7]かやのみこと申すみこおはしましけり。そのみこ、女をお

1 古今集雑上（八六七）「紫のひともとゆゑに武蔵野の草はみながらあはれとぞ見る」（詠人不知）を本歌にする。
2 不安で。
3 また行かないではいられなかったのである。
4 やはりまた行かずにはいられなかった仲であったので。
5 自分が出てきた足跡さえ変わらないだろうに、今はそのまま誰か別の男の通い路となっていることだろうよ。在中将集。雅平本業平集。
6 語り手の立場からの説明。
7 賀陽親王。桓武天皇の第七皇子。貞観十三年薨。七十八歳。

ほしめして、[8]いとかしこうめぐみつかうたまひけるを、[9]人なまめきてありけるを、[10]我のみと思ひけるを、又、[11]人きゝつけて、ふみやる。ほとゝぎすの[12]かたをかきて、

[13]ほとゝぎすながなくさとのあまたあれば
[14]猶うとまれぬ思ふものから　（七九）

といへり。この女、[15]けしきをとりて、

[16]名のみたつしでのたを《お》さはけさぞなく
いほりあまたとうとまれぬれば　（八〇）

時はさ月になんありける。を《お》とこ、返し、

[17]いほりおほきしでのたをさは猶たのむ
わがすむさとにこゑしたえずは　（八一）

第四十四段

むかし、[18]あがたへゆく人に、むまのはなむけせむとて、よびて、う

8 女は女房であろう。
9 懸想のそぶりを示す。「とかくなまめく間に」（三九段）
10 「我のみと思」っていたのが、「人なまめきてありける」人とも、「又、人ききつけて」の人とも解せる。一応、前者による。
11 第三の男が聞きつけて。
12 形を絵に画いて。
13 古今集夏（一四七）詠人不知。書陵部本猿丸大夫集。在中将集。
14 やはりいやになる。愛情を持ってはいるのだが。
15 機嫌をとって。六三段「けしきいとよし」。
16 浮名のみ高い私は今朝泣いております。関係する男が多いとあなたに疎まれましたので。「しでのたをさ」は、ほととぎすの異名。ほととぎすに自分を喩えたのである。在中将集。
17 関係する男が多いけれども、やはり心にかけて待っているよ。自分の方にも言葉をかけてくれることが絶えないならば。在中将集。
18 国司として地方へ下る人。

とき人にしあらざりければ、い[1]へ《ゑ》とうじ、さかづきさゝせて、女[2]のさうぞくかづけんとす。あるじのを《お》とこ、うたよみて、も[3]のこしにゆひつけさす。

いでてゆく君がためにとぬぎつれば
我[4]さへもなくなりぬべきかな　（八二）

こ[5]のうたは、あるがなかにおもしろければ、心とゞめてよます。はらにあぢはひて。

第四十五段

むかし、をとこ有りけり。人のむすめのかしづく、「いかで、このを《お》とこに物いはむ」と思ひけり。うちいでむことかたくやありけむ、物やみになりて、しぬべき時に、「かくこそ思ひしか」といひけるを、おや、きゝつけて、なくなくつげたりければ、まどひきたりけれど、しにければ、つ[6]れづれとこもりをりけり。時はみな月のつごもり、い

1 「家戸主」の転と言う。一家の主婦。広本系や略本系、さらに別本なども「家刀自して」という本文を持ち、定家本の一部にも「家刀自に」という本文があるが如何であろうか。次に「あるじの男」と出てくることと、歌が女にかかわってよまれた形であることから考えても、ここは「家刀自が」と考える方がよいのではないか。

2 当時最高の禄（贈物）であった。もらったものが肩にかけて感謝の舞をするしきたりであったので、被物（かづけもの）と言い、被ける（かづける）と言うのである。

3 裳（も）は女の正装につける袴のようなもの。

4 裳と喪をかける。自分まで喪（不幸）がなくなってしまいそうだ。古今六帖第四（二三五五）業平。第二句「君をいはふと」。伊勢物語でも広本系はこれに一致。在中将集も一致。

5 以下作者の介入であろう。この歌は、その時によまれた歌の中で特にすばらしかったので、その送別の宴では特に心に残すようによませた。腹に味わうようにして。「よまず」とする説が普通であるが、「心とどめて」と続かないので従えない。

6 何をする気もなくなって、汚れをはらうべく室に閉じこもっていた。

とあつきころほ《を》ひに、よひ《夜ゐ》は[7]あそびをりて、夜ふけて、やゝすゞしき風ふきけり。ほたる、たかくとびあがる。このを《お》とこ、見ふせりて、

ゆくほたる雲のうへまでいぬべくは
[8]秋風ふくとかりにつげこせ　（八三）
[9]くれがたき夏のひぐらしながむれば
そのことと《ゝ》なく物ぞかなしき　（八四）

第四十六段

むかし、を《お》とこ、いとうるはしき友ありけり。かた時さらず、あひ思ひけるを、人のくにへいきけるを、いとあはれとおもひて、わかれにけり。月日へて、お《を》こせたるふみに、[10]「あさましくたいめんせで、月日のへにけること。わすれやし給ひにけんといたく思ひわびてなむ侍る。世の中の人の心は、[11]めかるれば、わすれぬべき物にこそあめれ」といへりければ、よみてやる。

7　音楽をして。
8　下界では秋風が吹いているから早く帰ってこいと雁に告げてほしい。雁を死者の霊魂に喩えた歌はほかにもある。「白露の消えにしほどの秋待つと常世の雁はなきてとひけり」（斎宮女御集）。「こせ」は、あつらえの助動詞「こす」の命令形か。この歌、後撰集秋上（二五二）業平朝臣。古今六帖第六（四〇一一）作者名無。在中将集。雅平本業平集。
9　元禄八年版本系統新撰和歌巻二。
10　あきれるほどお会いできずに。
11　目離る。会わなくなる。

めかるともおもほえなくにわすらるゝ[1]
時しなければおもかげにたつ　（八五）

第四十七段

むかし、を《お》とこ、ねんごろにいかでと思ふ女有りけり。されど、このを《お》とこを、あだなりとき〵て、つれなさ[2]のみまさりつ〵いへる。

おほぬさ[3]のひくてあまたになりぬれば
思へどえこそたのまざりけれ　（八六）

返し、を《お》とこ、

おほぬさ[4]と名にこそたてれ流れても
つひ《ゐ》によるせはありといふ物を　（八七）

第四十八段

昔、を《お》とこ有りけり。「むまのはなむけせん」とて、人をまちける

1　顔を会わせなくなったとも思われない。忘れることのできる時がないので、ずっとお姿が目の前にちらついております。古今六帖第四（二〇六二）業平。在中将集。雅平本業平集。

2　男に対する女の冷淡さ。

3　「大幣」は大串につけた幣帛で祓が終わるとそれを引きよせて体をなで、体のけがれを清めるもの。「引く」の序詞。あの大幣のように、多くの女に引かれるのだから、私もあなたを恋い思いこそすれ、頼りにはしておりません。古今集恋四（七〇六）詠人不知。在中将集。雅平本業平集。

4　多くの女に引かれるという評判こそたっていますが、大幣ならば、流されても、最後に寄りつく瀬があるというのに、私は最後に行きつく人もありません。古今集恋四（七〇七）業平朝臣。在中将集。雅平本業平集。

に、こざりければ、

[5]今ぞしるくるしき物と人またむ
さとをばかれずとふべかりけり　（八八）

第四十九段

むかし、を《お》とこ、いもうとのいとを《お》かしげなりけるを、見をりて、

[6]うらわかみねよげに見ゆるわか草を
ひとのむすばむことをしぞ思ふ　（八九）

ときこえけり[7]。返し、

[8]はつ草のなどめづらしきことのはぞ
うらなく物を思ひける哉　（九〇）

第五十段

昔、を《お》とこ有りけり。うらむる人をうらみて、

5 二句切れ。（人を待つのが）苦しいものだと今知った。女が待っている所は御無沙汰しないでせいぜい訪れるべきだよ。古今集雑下（九六九）業平朝臣。新撰和歌巻四。古今六帖第二（三九〇）業平。在中将集。雅平本業平集。

6 若々しいので共寝するのがよさそうに見える若草に人が契りを結ぶのを（残念に）思います。「ね」は「根」と「寝」の掛け詞。「根」「若草」「結ぶ」は縁語。古今六帖第六（三五四八）業平。

7 聞こえるように言った。「聞こゆ」「見ゆ」の特殊な用法。

8 どうして奇妙なことをおっしゃるのでしょう。それにしても、今までは、そんなことも知らずに裏表なく親しく思って参りましたよ。「初草」は「めづらし」の序詞。「言の葉」の縁語。

鳥[1]のこをとをづゝとをはかさぬとも
おもはぬ人をおもふものかは　(九一)

といへりければ、

あさつゆ[2]はきえのこりてもありぬべし
たれかこの世をたのみはつべき　(九二)

又、を《お》とこ、

吹風[3]にこぞの桜はちらずとも
あなたのみがた人の心は　(九三)

又、女、返し、

ゆく水[4]にかずかくよりもはかなきは
おもはぬ人を思ふなりけり　(九四)

又、を《お》とこ、

ゆくみづ[5]とすぐるよはひとちる花と
いづれまてゝふことをきくらん　(九五)

1 鳥の卵を百個重ねるほど困難なことがもしできたとしても…。中国の累卵の故事による。「説苑」(漢の劉向の撰)に詳しい。古今六帖第四(三九七)。ただし、下句「人の心をいかがたのまむ」紀友則の作か。

2 (私があなたを思わないと言われるが)朝露でもまれには消えずに残ることがあるだろう。しかし、あなたのお言葉などすぐ消えてしまうから、二人の間がたよりにできないのです。

3 (あなたはたよることができぬとおっしゃるが)たとえ昨年の桜が風に散らずに残っていることがあっても、人の心の方が変わるというじゃないですか。私の方こそあなたを信用できません。白氏文集の「縦ヒ旧年ノ花枝ニ残リテノチノ春ヲ待ツトモ、頼ミガタキハ是レ人ノ心ナリ」によると言う。古今六帖第四(三〇六)「散らずしてこぞの桜はありぬとも人の心をいかがたのまむ」在原滋春の作か。

4 古今集恋一(五二二)詠人不知。前の歌に続きにくい。むしろ「鳥の子を」の歌に対応している。「ゆく水に数かく」は「涅槃経」や万葉集巻十一「水の上に数かくごときわが命…」によっていると言う。

5 蛇足の感が深い。真名本はこの歌がない。「ゆく水」は4の歌をうけ「散る花は」は3の歌

あだ[6]くらべかたみにしけるを《お》とこ女の、しのびありきしけることなるべし。

第五十一段

昔、を《お》とこ、人のせんざいに、きくうゑ《へ》けるに、

[7]うゑ《へ》しうゑ《へ》ば秋なき時やさかざらん
花こそちらめねさへかれめや　（九六）

第五十二段

むかし、を《お》とこありけり。人のもとより、かざりちまき[8]お《を》こせたりける返事に、

あやめかり君はぬまにぞまどひける
我は野にいでてかるぞわびしき[9]　（九七）

とて、きじをなむやりける。

をうけ「すぐるよはひ」は「人生朝露ノゴトシ」で2の歌をうけるか。あるいははかなくすぎゆくものを列挙しただけか。「そのうち、どれが待てという私の言葉を聞くだろうか。すべてがはかないのだから、恨むのはやめてほしい」と開き直ったのである。

6　作者の説明。浮気くらべをお互いにしていた…。

7　「植ゑし植ゑば」重ねて意味を強めた。「植えてさえおいたなら」。「し」も強意。「移し植ゑば」という本文もあるが、誤写か改変であろう。古今集秋下(二六八)　在原業平朝臣。古今六帖第六（三七三二）　業平。大和物語一六三段。在中将集。

8　天福本「かさなりちまき」、諸本によって改む。あやめを用いて作ったか。端午の節供に用う。

9　「わびし」は、共に行動できなかったことをつらがるのである。大和物語一六四段。在中将集。

第五十三段

むかし、をとこ《お》、あひがたき女にあひて、物がたりなどするほどに、鳥のなきければ、

いかでかは鳥のなくらん《覧》人[1]しれず
思ふ心はまだよふかきに　(九八)

第五十四段

昔、をとこ《お》、つれなかりける女にいひやりける。

行[2]×きやらぬ夢ぢ《地》をたの《どる》むたもとには
あまつそらなるつゆやお《を》くらん　(九九)

第五十五段

むかし、をとこ《お》、思ひ×かけたる女の、えうまじうなりての世に、

1 人知れずあなたを慕う私にとっては、まだまだ満たされず、夜が明けたという感じがしませんのに。

2 あなたが思っていて下さらないゆえにたどりつくことのできない夢路と知りつつ期待をかける私の袖に空の露がおいたのか、それ、このようにびっしょりぬれているよ。後撰集恋一（五五九）「ゆきやらぬ夢路にまどふたもとにはあまつそらなき露ぞおきける」詠人不知。

お[3]もはずはありもすらめど事のはの
をりふしごとにたのまるゝ哉　（一〇〇）

第五十六段

むかし、を《お》とこ、ふして思ひ、おきて思ひ、思ひあまりて、
わがそでは草[4]の庵にあらねども
くるればつゆのやどりなりけり　（一〇一）

第五十七段

昔、を《お》とこ、人しれぬ物思ひけり。つれなき人のもとに、
こ[5]ひわびぬあまのかるもにやどるてふ
我から身をもくだきつる哉　（一〇二）

第五十八段

3　あなたは私のことなど思わないでいらっしゃるでしょうが、私は、以前にあなたからいただいたおたよりが、折々の移り変わりにつけても思い出され、期待をいだいたりしているのですよ。

4　草で屋根を葺いた粗末な小屋。

5　初句切れ。恋に苦しんでいます。海人が刈る藻に宿るというわれから虫ではないが、我からわが身を苦しめております。われから虫は割殻虫。節足動物端脚目カプレラ科に属する。海草に付着している四センチほどの虫。六五段参照。

むかし、心[1]つきて色ごのみなるを《お》とこ、なが[2]をかといふ所に、家つくりてをりけり。そこのとなりなりける宮[3]ばらに、こと[4]もなき女どもの、ゐなかなりければ田からんとてこのを《お》とこのあるを、見て、「いみじのすき物のしわざや」とて、あつまりて、いりきければ、このを《お》とこ、にげて、おくにかくれにければ、女、

あれ[5]にけりあはれいく世のやどなれや
すみけんひとのお《を》とづれもせぬ　（一〇三）

といひて、この宮[6]に、あつまりゐてありければ、このを《お》とこ、

むぐ[7]らおひてあれたるやどのうれたきは
かりにもおにのすだくなりけり　（一〇四）

とてなむいだしたりける。

この女ども、「ほひろはむ」といひければ、

うち[8]わびておちぼひろふときかませば
我も田づらにゆかましものを　（一〇五）

1 センスがあって。
2 京都府向日市と長岡京市の一帯。長岡京の跡である。
3 親王・内親王の子どもで。
4 すぐれた女どもが。すばらしい女どもが。「見て」に続く。
5 荒れてしまった。ああ、どれほどの歳を経た家であるからなのか。住んでいた人は誰もたずねてこないよ。ただし、「荒れにけり」に「あれ逃げり」を掛けているとも考えられる。古今集雑下（九八四）詠人不知。新撰和歌第四。古今六帖第二（一三〇五）伊勢。
6 男も内親王の子息だと言うことを示そうとして「宮」とよんだのであろうか。
7 葎が生えて荒れた宿が気味悪いのは、かりそめにせよ、鬼が集まるからだろうよ。「すだく」は集まるの意。古今六帖第六（三八七五）「むぐらおひて荒れたる宿の恋しきに玉とつくれる宿も忘れぬ」作者名無。
8 おちぶれて落穂ひろうとでももし聞くのなら、私も逃げかくれしないで、手つだいに田へ行きますのに。

第五十九段

むかし、を《お》とこ、京をいかゞ思ひけん、「ひむがし山[9]にすまむ」と思ひいりて、

[10]すみわびぬ今はかぎりと山ざとに
身をかくすべきやどもとめてん　（一〇六）

かくて、物いたくやみて、しにいりたりければ、おもてに水そゝきなどして、いきいでて[11]、

[12]わがうへに露ぞお《を》くなるあまの河
とわたるふねのかいのしづくか　（一〇七）

となむいひて、いきいでたりける。

第六十段

むかし、を《お》とこ有りけり、宮[13]づかへいそがしく、心もまめならざり

9 東山。京都の東側に連なる一帯の山。

10 都は住みづらくなった。もう今は終わりと考え、山里に身をかくすことのできる宿を探し求めたいものだ。後撰集雑一（一〇二三）業平朝臣。ただし、第四句「つま木こるべき」。古今六帖第二（九〇四）業平。第二句「今はかぎりぞ」、第四句「つま木こるべき」。在中将集。雅平本業平集。

11 生き出でて。一説、息出でて。

12 古今集雑上（八六三）詠人不知。新撰和歌巻四。

13 奉公が忙しく、心も一途でなかったころの主婦が。

けるほどのいへとうじ、「まめにおもはむ」といふ人につきて、人のくにへいにけり。このを《お》とこ、[1]宇佐の使にていきけるに、「あるくにの[2]しぞうの官人の[3]めにてなむある」とき〻て、「をんなあるじにかはらけとらせよ。さらずはのまじ」といひければ、かはらけとりて、いだしたりけるに、[4]さかななりけるたちばなをとりて、

[5]さ月まつ花たちばなのかをかげば
むかしの人のそでのかぞする　（一〇八）

といひけるにぞ、思ひいでて、あまになりて、山にいりてぞありける。

第六十一段

昔、を《お》とこ、つくしまでいきたりけるに、「これは、色このむとい[6]ふすき物」と、すだれのうちなる人のいひけるを、きゝて、

[7]そめ河をわたらむ人のいかでかは

1　即位や国家の大事などの時に朝廷から宇佐神宮（大分県宇佐神宮）に遣される使い。

2　祇承の官人。地方にいて、勅使の送迎・応接その他万般の雑事を掌る役人。

3　妻。

4　酒菜。酒のおかず。

5　古今集夏（一三九）詠人不知。新撰和歌巻二。古今六帖第六（四二五五）伊勢（なりひらとこそ）。

6　好色者。

7　この染河を渡るような人がどうして色に染まって色好みにならないということがないのでしょうか。私もここへ来て始めて色好みになりました。この通説に対して、染河を渡るであろうあなた方が色に染まって色好みにならないことがどうしてありましょうか。あなた方こそ色好みのはずですとも解ける。染河は福岡県筑紫郡にあり大宰府神社と観世音寺の間を流れている。拾遺集雑恋（一二三四）在原業平朝臣。

色になるてふことのなからん　（一〇九）

女、返し、

名[8]にしおはばあだにぞあるべきたはれじま
浪のぬれぎぬきるといふなり　（一一〇）

第六十二段

むかし、年[9]ごろお《を》とづれざりける女、心かしこくやあらざりけん、[10]はかなき人の事につきて、人[11]のくになりける人につかはれて、も[12]と見し人のまへにいできて、物くはせなどしけり。「よさり、このあ[13]りつる人たまへ」と、あるじにいひければ、お《を》こせたりけり。を《お》とこ、「我をばしらずや」とて、

いにしへのにほひはいづらさくら花
こ[14]けるからともなりにける哉　（一一一）

といふを、「いとはづかし」と思ひて、いらへもせでゐたるを、「など、

8 名前からすれば、当然浮気であるはずのたはれ島であるが、それは浪のぬれぎぬをきたせいだと言いますよ。染河を渡るから色に染まって色好みになるというのはぬれぎぬですよ。たはれ島は今の熊本県宇土市住吉町西方の島。後撰集羇旅（一三五二）「名にしおはばあだにぞ思ふたはれ島浪のぬれぎぬいく夜きつらん」詠人不知。

9 男が年頃おとずれなかった女。

10 つまらない人の言葉に乗せられて。

11 地方に住む人に仕えさせられて。

12 物語の主人公。六〇段と同じように地方へ行ったのである。

13 先刻の人。

14 花を落としてしまった残骸。

いらへもせぬ」といへば、「なみだのこぼるゝに、めも見えず、ものもいはれず」といふ。

[1]これやこの我にあふみをのがれつゝ
年月ふれどまさりがほなき　(一一二)

といひて、きぬぬぎて、とらせけれど、すてゝにげにけり。いづちいぬらんともしらず。

第六十三段

むかし、世[2]ごゝろづける女、「いかで、心なさけあらむをとこ《お》に、あひえてしかな」とおもへど、いひいでむもたよりなさに、[3]まことならぬ夢がたりをす。子三人をよびて、かたりけり。ふたりのこは、なさけなくいらへてやみぬ。さぶらうなりける子なん、「[4]よき御をとこぞいでこむ」とあはするに、この女、[5]けしきいとよし。「こと人は、いとなさけなし。いかで、この[6]在五中将にあはせてし哉」と思ふ心あ

1 男の歌。これがまあ、私と結婚する身であるのに逃れていって、年月がたったというのに、一向にまさった様子のない人の姿なのか。「まさりがほなき」を自分に対する愛情がまさった様子もないと説く説もある。本来は近江に関係のある人の歌であったのを利用したのであろう。

2 好色ごころのついた女。

3 本当は夢など見ないのであるが夢を見たと称して、判断を乞うのである。

4 その夢によってよき御男が出現する兆だと判断したのである。

5 大変機嫌がよい。四三段「けしきをとりて」。

6 「在五中将」と記すのはここだけ。解題(一三六ページ)参照。

り。かりしありきけるに、いきあひて、みちにて、むまのくちをとりて、「かう〳〵なむ思ふ」といひければ、あはれがりて、きてねにけり。さて、のち、[7]を《お》とこ見えざりければ、女、を《お》とこの家にいきて、かいまみけるを、を《お》とこ、ほのかに見て、

[8]もゝとせにひとゝせたらぬつくもがみ
我をこふらしおもかげに見ゆ　（一二三）

とて、いでたつけしきを見て、[9]むばら・からたちにかゝりて、家にきてうちふせり。を《お》とこ、かの女のせしやうに、しのびてたてりて、見れば、女、なげきて、[10]ぬとて、

[11]さむしろに衣かたしきこよひもや
こひしき人にあはでのみねむ　（一二四）

とよみけるを、を《お》とこ、あはれと思ひて、その夜はねにけり。世の中のれいとして、[12]おもふをばおもひ、おもはぬをばおもはぬ物を、この人は、おもふをも、おもはぬをも、けぢめ見せぬ心なんありける。

7　その後、男がこないので。
8　百年に一年たらぬほどの老婆のつくもがみの姿が私をしたっているらしい。面影に見える。「つくも髪」は不詳。「つくも」は海藻の名で老婆の短い髪がそれに似ているからだと言う。
9　茨やからたちのとげにひっかかりながら。あわてている様子。女の動作である。
10　寝とて。
11　むしろに衣を一枚敷いて、こよいもおそらくは恋しい人に会わないで寝るのでしょうよ。「さむしろ」の「さ」は美称の接頭語。「衣片敷き」は独寝すること。古今集恋四（六八九）「さむしろに衣かたしきこよひもや我を待つらむ宇治の橋姫」詠人不知。古今六帖第五（二九六〇）「さむしろに衣かたしきこよひもや我を待つらむ宇治の橋姫」作者名無。
12　愛情を示すにたる人に愛情を表わし、愛情を示すにたらぬ者には愛情を表わさぬものであるが、この人は愛情を示すにたる者にも示すにたらぬ者にも区別しない博愛の心を持っていたのである。

第六十四段

昔、を《お》とこ[1]、みそかにかたらふわざもせざりければ、[2]いづくなりけん、あやしさによめる。

吹風にわが身をなさば玉すだれ
ひまもとめつゝいるべきものを　(一一五)

返し、

[3]とりとめぬ風にはありとも玉すだれ
たがゆるさばかひまもとむべき　(一一六)

第六十五段

むかし、[4]おほやけおぼしてつかうたまふ女の、[5]色ゆるされたるありけり。[6]おほみやすん所とていますかりけるいとこなりけり。[7]殿上にさぶらひける在原なりけるを《お》とこの、まだいとわかゝりけるを、この

1　広本系・略本系のほか、多くの別本、定家本系でも武田本を始めとする諸本が「をとこ・をんな」となっている。しかし、次の歌の作者を示すためには、「をとこ」とあるだけの底本の方がよい。

2　女が何処へ行ったのか気がかりでと説くのが普通であるが、御簾の中のどこにいるのかわからないほど反応がないと限定すべきではないか。

3　手でとりおさえることのできぬ風であっても、誰が許したら玉すだれのすきまを求めることができるだろうか。誰も許さないからできない。

4　天皇がお目をかけられて。

5　禁色を許された女。法令によって一般には着用を禁止された色を着ることを許可された女。

6　大御息所。

7　小舎人童（こどねりわらは）。

女、あひしりたりけり。を《お》とこ、女[8]がたゆるされたりければ、女のある所にきて、むかひをりければ、女、「い[9]とかたはなり。身もほろびなん。かくなせそ」といひければ、

思[10]ふにはしのぶることぞまけにける
　あふにしかへばさもあらばあれ
（一七）

と[11]いひて、ざ[12]うしにおりたまへれば、れ[13]いの、このみざうしには人の見るをもしらで、のぼりゐければ、この女、思ひわびて、さとへゆく。されば、「な[14]にの、よきこと」と思ひて、いきかよひければ、みな人きゝてわらひけり。つとめて、と[15]のもづかさの見るに、くつはとりて、おくになげいれて、のぼりぬ。

かく、かたはにしつゝありわたるに、身もいたづらになりぬべければ、「つひ《ゐ》にほろびぬべし」とて、このを《お》とこ、「いかにせん。わがかゝる心やめたまへ」と、ほとけ・神にも申しけれど、いやまさりにのみおぼえつゝ、猶、わりなくこひしうのみおぼえければ、[16]陰陽師《おむやうじ》・

8 童であるので、台盤所など、女官の出仕する所に出入りすることを許されていた。
9 大変具合が悪い。
10 あなたを思う気持ちの強さゆえに、それをこらえる力が負けてしまった。あうことさえできればどうなってもよい。古今集恋一（五〇三）「おもふにはしのぶることぞまけにける色にはいでじと思ひしものを」詠人不知。古今六帖第五（二六八二）「思ふにはしのぶることぞまけにける色にはいでじと思ひしものを」作者名無。
11 「のぼりゐければ」に続く。
12 私室に下がっていらっしゃると。敬語がつく点、他の段と異なる。
13 「のぼりゐければ」を修飾。
14 何はともあれ、よい事だ。
15 皇居の庭掃除、輿、灯火点滅などを司った。
16 陰陽寮に属して天文暦数、卜占などを司った。

かむなぎ[1]よびて、「こひせじ」といふはらへのぐ[2]、ぐしてなむいきける。はらへけるまゝに、いとゞかなしきことかずまさりて、ありしより、けに[3]こひしくのみおぼえければ、

こひせじとみたらし河にせしみそぎ[4]
神はうけずもなりにけるかな　（一一八）

といひてなんいにける。

このみかど[5]は、かほかたちよくおはしまして、ほとけの御名[6]を、御心にいれて御こゑはいとたうとくて申したまふを、きゝて、女は、いたうなきけり。「かゝるきみにつかうまつらで、すくせつたなくかなしきこと、このを《お》とこにほだされて」とてなん、なきける。かゝるほどに、みかど、きこしめしつけて、このを《お》とこをばながしつかはしてければ、この女のいとこのみやすどころ、女をばまかでさせて、くらにこめて、しを《お》りたま[7]う《ふ》ければ、くらにこもりてなく。

あまのかるもにすむむしの我からと[8]

1 神をまつり、神おろし、祓をする。
2 天福本始め諸本「はらへのぐして」とあるが「ゝ」を補い「はらへのぐゝして」とした。
3 一層。一段と。
4 古今集恋一（五〇一）詠人不知。ただし、下句「神はうけずぞなりにけらしも」。新撰和歌巻四。
5 「三代実録」に「風姿甚端厳如神性」と記されていることなどを参考にして清和天皇のことと言う。
6 称名念仏を心をこめて……。
7 折檻なさったので。
8 海人の刈る藻に住むわれから虫ではないが、我から蒔いた種の所為と泣きましょう。世間をうらみはいたしません。「われから」については五七段参照。古今集恋五（八〇七）典侍藤原直子朝臣。新撰和歌巻四。古今六帖第三（一八七五）内侍のすけきよい子。

（一一九）　ねをこそなかめ世をばうらみじ

と、なきをれば、このを《お》とこ、人[9]のくにより、夜ごとにきつゝ、ふえをいとおもしろくふきて、こゑはを《お》かしうてぞあはれにうたひける。かゝれば、この女は、くらにこもりながら、それ[10]にぞあなるとはきけど、あひ見るべきにもあらでなんありける。

（一二〇）　[11]さりともと思ふら《覧》んこそかなしけれ
　　　　あるにもあらぬ身をしらずして

とおもひをり。を《お》とこは、女しあはねば、かくしありきつゝ、人のくにゝありきて、かくうたふ。

（一二一）　[12]いたづらに行きてはきぬる物ゆゑ《へ》に
　　　　見まくほしさにいざなはれつゝ

[13]水の尾《お》の御時なるべし。おほみやすん所もそめどの[14]ゝ后也。五[15]条の后とも。

9　他国。流された国。
10　そこにおるようだ。「あなる」は「あンなる」とよむ。「なる」は伝聞の助動詞。
11　こうなっても、そのうちに会えると思っているらしいのが悲しい。私が生きているとも言えない状態であることを御存知なくて。
12　無駄に行っては帰ってくるものだから、見たい見たいの一心で行っているのです。無駄に行っているのではありません。古今集恋三（六二〇）詠人不知。古今六帖第五（三〇三五）人麿。
13　以下、語り手の立場からの注釈。清和天皇の御時のことであろう。
14　染殿の后。藤原明子。藤原良房の娘。文徳天皇の后で清和天皇の母。二条后とはいとこ。
15　この大御息所は染殿后ではなく実は五条后だとする伝承もあると断っているのである。ただし五条后は二条后の伯母であっていとこではない。

第六十六段

むかし、をと《お》こ、[1]つのくにに、[2]しる所ありけるに、あに、おとと、友だちひきゐて、なにはの方にいきけり。なぎさを見れば、ふねどものあるを見て、

[3]なにはつをけさこそみつのうらごとに
これやこの世をうみわたるふね　（一二三）

[4]これをあはれがりて、人々かへりにけり。

第六十七段

むかし、をと《お》こ、[5]せうえうしに、[6]思ふどちかいつらねて、[7]いづみのくにへ、きさらぎばか《許》りにいきけり。河内のくに、いこまの山を見れば、くもりみ、はれみ、たちゐるくもやまず。あしたよりくもりて、ひるははれたり。ゆきいとしろう木のすゑにふりたり。それを見て、か

1 摂津国。
2 領有する所。一段・八七段参照。
3 難波津を今朝始めて見たが、その御津の浦ごとに浮かんでいる船は、まさしくこの世を憂きものと観じて渡ってゆく舟であるかに思われるよ。「難波津」は大阪市の海岸。「みつ」は御津とする説と三津（三つの津を併せて言う）とする説の二つがある。後撰集雑三（一二四）業平朝臣。ただし第二句「けふこそ」。古今六帖第三（一八〇八）業平。第二句「けふこそ」。在中将集。雅平本業平集。
4 情景一致のこの歌に感じ入って。
5 逍遙。
6 仲のよい連中。
7 和泉。大阪府の南。

のゆく人のなかに、ただ[8]ひとりよみける。

[9]きのふけふくものたちまひかくろふは
花のはやしをうしとなりけり　（一二三）

第六十八段

昔、を《お》とこ、いづみのくにへいきけり。[10]すみよしのこほり、すみよしのさと、すみ吉のはまをゆくに、いとおもしろければ、[11]おりゐつゝゆく。ある人、[12]「すみよしのはまとよめ」といふ。

[13]雁なきて菊の花さく秋はあれど
春のうみべにすみよしのはま　（一二四）

とよめりければ、[14]みな人々よまずなりにけり。

第六十九段

むかし、を《お》とこ有りけり。そのお《お》とこ、伊勢のくにに、[15]かりの使に

8 誰もよめなかったが、この物語の主人公だけがよんだ。
9 昨日今日、雲が立ち舞って山がかくれるのは、雪がかかって花のごとくになっている林の美しさを見せたくないと思ってのことであったよ。在中将集。雅平本業平集。
10 摂津国住吉郡住吉里の海岸。今の大阪市住吉神社の近くまで昔は海岸であった。和泉国へ行く途中である。
11 馬からおり歌の座をなしつつ。
12 住吉の浜を歌詞によみこんで歌をよめ。
13 雁が鳴いて菊の花が咲く秋は「飽きる」という語と同じで住みよくないが、春の海辺は「憂み」という語と同じであっても住みよい所である、特にこの住吉の浜は。「秋はあれど」は「みちのくはいづくはあれど」（古今集東歌）と同じ用法。在中将集。雅平本業平集。
14 この歌に圧倒されて。
15 平安初期、朝廷から野禽を狩るために諸国に遣した使い。延喜五年の太政官符で禁止された。

いきけるに、[1]かの伊勢の斎宮なりける人のおや、「つねのつかひよりは、この人よくいたはれ」といひやれりければ、[2]おやのことなりければ、いとねんごろにいたはりけり。あしたにはかりにいだしたててやりゆふさりはかへりつゝ、そこにこさせけり。かくて、ねんごろに[3]いたつきけり。二日といふ夜、を《お》とこ、[4]われて「あはむ」といふ。女も、はた、「いとあはじ」ともおもへらず。されど、人めしげければ、えあはず。[5]つかひさねとある人なれば、とほ《を》くもやどさず。女のねやちかくありければ、女、ひとをしづめて、[6]ねひとつばか《許》りに、を《お》とこのもとにきたりけり。を《お》とこはたねられざりければ、[7]とのかたを見いだしてふせるに、月のおぼろなるに、ちひさきわらはをさきにたてて[8]人たてり。を《お》とこ、いとうれしくて、わがぬる所にゐていりて、ねひとつより[9]うしみつまであるに、[10]まだなにごともかたらはぬにかへりにけり。を《お》とこ、いとかなしくてねずなりにけり。つとめて、いぶかしけれど、わが人をやるべきにしあらねば、いと心もとなくてまちをれ

1 斎宮は内親王をもってあてるのが原則。「斎宮にある人、斎宮に仕えている人」という説は不可。
2 親の言葉だから。
3 世話をした。「いたつく人多くて、みなしはてつ」（蜻蛉日記）。
4 不詳。「無理に」と普通解している。
5 狩りの使いの代表者として存在する人。「まらうとさね」（一〇一段）参照。
6 午前零時前。
7 外の方。
8 斎宮その人である。
9 午前二時過。
10 十分に満ちたりないのに。必ずしも実事なしということではない。

ば、あけはなれてしばしあるに、女のもとより、[11]ことばはなくて、

[12]きみやこし我やゆきけむおもほえず
夢かうつゝかねてかさめてか　（一二五）

を《お》とこ、いといたうなきてよめる。

[13]かきくらす心のやみにまどひにき
ゆめうつゝとはこよひさだめよ　（一二六）

とよみてやりて、かりにいでぬ。野にありけど、心はそらにて、「こよひだに、人しづめて、いととくあはむ」と思ふに、[14]くにのかみ、いつきの宮のかみかけたる、かりのつかひありときゝて、夜ひとよ、さけのみしければ、もはらあひごともえせで、あけば、を《お》はりのくにへたちなむとすれば、をとこも、人しれず、ちのなみだをながせど、えあはず。夜、やう〳〵あけなむとするほどに、女がたよりいだすさかづきのさらに、歌をかきていだしたり。とりて、みれば、

[15]かち人のわたれどぬれぬえにしあれば　（一二七A）

11 手紙に文章はなくて。
12 古今集恋三（六四五）詠人不知。古今六帖第四（二〇三六）斎宮。在中将集。雅平本業平集。
13 真暗になった心のやみに、お会いしたのが夢かうつつかわかりかねています。夢だったかうつつだったか、今宵もう一度お会いしてはっきりさせて下さい。古今集恋三（六四六）業平朝臣。ただし第五句「世人さだめよ」。勢語でも広本系のほか、別本にも「よひと」が多い。在中将集は傍記に「よひと」雅平本業平集「よひと」。古今六帖第四（二〇三七）業平。
14 伊勢守で斎宮寮の頭を兼任している人。
15 徒歩の人が渡っても濡れないほどの浅い縁であるのだから。「縁（えん）」を「えに」と表記したという説と「縁（えん）」を「え」とのみ表記し「に」は断定の助動詞「なり」の連用形であるとする説とがある。「木の葉降りしくえにこそありけれ」（九六段）参照。古今六帖第五（二九二九）作者名無。在中将集。雅平本業平集。

とかきて、すゑはなし。そのさかづきの さらに、ついまつのすみして、うたのすゑをかきつく。

又[1]あふさかのせきはこえなん　（一二七B）

とて、あくれば、を《お》はりのくにへこえにけり。

斎宮[2]は水の尾《お》の御時、文徳天皇の御むすめ、これたかのみこのいもうと。

第七十段

むかし、を《お》とこ、狩の使よりかへりきけるに、[3]おほよどのわたりにやどりて、[4]いつきの宮のわらはべに、いひかけける。

見[5]るめかる方やいづこぞさを《ほ》さして

我にをしへよあまのつり舟　（一二八）

第七十一段

1 もう一度お会いしましょう。

2 以下は語り手の立場からの注釈。斎宮は清和天皇の時の斎宮。恬子内親王。貞観元年から十八年まで斎宮。延喜十三年まで生存。父は文徳天皇。母は紀静子。

3 伊勢国多紀郡大淀の海岸地帯。

4 斎宮の童女。

5 海松布（みるめ）刈る場所はどこか。棹でさし示し私に教えてくれ、あまの釣舟よ。斎宮に会うのはどうすればよいのだ。私に教えてくれ、女の童よ。「海松布」と「見るめ」、「潟」と「方」を掛ける。

昔、をと《お》こ、伊勢の斎宮に、内の御つかひにて[6]、まゐ《い》れりければ、かの宮に、すきごといひける女[7]、わたくしごとにて[8]、をと《お》こ、

ちはやぶる[9]神のいがきもこえぬべし
大宮人の見まくほしさに　（一二九）

こひしくはきても見よかしちはやぶる[10]
神のいさむるみちならなくに　（一三〇）

第七十二段

むかし、をと《お》こ、伊勢のくに[11]になりける女又えあはで、となりのくにへいくとていみじうう《ゝ》らみければ、女、

おほよど[12]の松はつらくもあらなくに
うらみてのみもかへるなみ哉　（一三一）

6 勅使として。
7 好色めいた言葉を言った女。
8 公の事務連絡ではなく、私的なこととして。
9 神の垣根（神の法度）もこえてしまうに違いない。都のお方と結ばれたくて。万葉集巻十一（二六六三）「千葉破神之伊垣毛可越今者吾名之惜無」。古今六帖第二（一〇六五）「ちはやぶる神の忌垣もこえぬべし今はわが身の惜からなくに」作者名無。拾遺集恋四（二九四）「ちはやぶる神のいがきもこえぬべし今はわが身のをしけくもなし」柿本人麿。柿本集。
10 恋の道は神が禁ずる道ではないのだから。
11 伊勢の国にいる女にもう一度会えなくて、そのまま隣の国へ行くと言って大変うらみがましく言うので、女が。
12 大淀（七〇段参照）の松がつれないというわけでもないのに、浦を見るだけで帰る波であるなあ。私がつれないわけではないのに恨んで帰られるのですね。「浦見」「恨み」は掛け詞。

第七十三段

むかし、「そこにはあり」ときけど、せうそこをだにいふべくもあらぬ女のあたりをおもひける。

め[1]には見てゝにはとられぬ月のうちの
かつらのごときゝみにぞありける　（一三二）

第七十四段

むかし、を《お》とこ、女をいたううらみて、

い[2]はねふみかさなる山にあらねども
あはぬ日おほくこひわたる哉　（一三三）

第七十五段

昔、を《お》とこ、「伊[3]勢のくにゝゐていきてあらむ」といひければ、女、

1　万葉集巻四（六三二）「目二破見而手二破不所取月内之楓如妹乎奈何責」湯原王。古今六帖第六（四三八八）「目には見て手にはとられぬ月の内の桂のごとき妹にもあるかな」作者名無。

2　万葉集巻十一（二四二二）「石根踏重成山雖不有不相日数恋度鴨」拾遺集恋五（九六九）「岩ねふみかさなる山はなけれどもあはぬ日数をこひやわたらん」坂上郎女。

3　伊勢の国につれていって生活しよう。

お[4]ほよどのはまにおふてふ見るからに
心はなぎぬかたらはねども　（一三四）

といひて、ましてつれなかりければ、を《お》とこ、

袖[5]ぬれてあまのかりほすわたつうみの
見るをあふにてやまむとやする　（一三五）

女、

い[6]はまよりおふるみるめしつれなくは
しほひしほみちかひもありなん　（一三六）

又、を《お》とこ、

な[7]みだにぞぬれつゝしぼる世の人の
つらき心はそでのしづくか　（一三七）

世[8]にあふことかたき女になん。

第七十六段

4 お目にかかっただけで私の心は安らぎます。別段結婚しなくとも。上二句は序詞。「海松（みる）」と「見る」を掛ける。

5 おめにかかっただけで結婚したことにして二人の間を終わりにしようというのか。上三句は序詞。「海松（みる）」と「見る」を掛ける。

6 お会いするだけではつれなく思われるなら、時々伊勢からいらっしゃるうちに甲斐があることになるでしょう。「岩間よりおふるみるめ」掛け詞的序詞。「甲斐」「貝」は縁語。「みるめ」「貝」は縁語。

7 涙にぬれつつしぼっております。この世の人のつれない心が袖の雫になったのかと。貫之集恋（一七六五）。

8 語り手の言葉。まったく結婚することが困難な女ですよ。

むかし、二条の后のまだ春宮のみやすん所[1]と申しける時、[2]氏神にまうで給ひけるに、このゑづかさにさぶらひけるおきな、人々のろくたまはるついでに、御くるまよりたまはりて、よみてたてまつりける。

[3]大原やをしほの山もけふこそは
神世のことも思ひいづらめ　（一三八）

[4]とて、心にもかなしとや思ひけん、いかゞ思ひけん、しらずかし。

第七十七段

むかし、[5]たむらのみかどと申すみかどおはしましけり。その時の女御[6]たかきこと申す、みまそかりけり。それうせたまひて、[7]安祥寺にて[8]みわざしけり。人々、さゝげものたてまつりけり。たてまつりあつめたる物、ちさゝげばか《許》りあり。そこばくのさゝげものを、木のえだにつけて、だうのまへにたてたれば、山もさらにだうのまへにうごきいでたるやうになん見えける。それを、右大将にいまそかりける[9]ふぢは

1 東宮の母である御息所。二条后が生んだ陽成天皇が東宮であったのは、貞観十一年から貞観十八年までの八年間である。
2 大原野神社。藤原氏の氏神。
3 大原、小塩の氏神様も今日こそは神代の昔、天孫瓊々杵尊を守護し奉ったことを思い出しておられるでしょう。裏の意としては、あなたも、昔、后になる前、私と契りがあったことを思い出しておられるでしょう。古今集雑上（八七一）業平朝臣。大和物語一六一段。古今六帖第二（九一七）業平。ただし第三句「今日しこそ」。在中将集。雅平本業平集。
4 とよんで、自分自身も昔を思い出して心に悲しと思っただろうか、どう思っただろうか、語り手の私は存じませんよ。
5 文徳天皇。山城国葛野郡田邑に陵があるので、後にこのように呼んだ。
6 藤原多賀幾子。右大臣良相の娘。文徳天皇の女御。天安二年十一月十四日薨。
7 京都市山科区山科陵の東方にあり、仁明天皇の后順子が建立した。
8 法要。
9 藤原常行。右大臣良相の息。貞観八年十二月十六日、任右大将。この法要の時は右少将。

らのつねゆきと申すいまそかりて、かう[10]のお《を》はるほどに、うたよむ人々をめしあつめて、けふのみわざを題にて、春の心ばへ《え》あるうた、たてまつらせたまふ。右[11]のむまのかみなりけるおきな、め[12]はたがひながら、よみける。

山[13]のみなうつりてけふにあふ事は
はるのわかれをとふとなるべし　（一三九）

とよみたりけるを、いま見れば、よくもあらざりけり。そ[14]のかみは、これやまさりけむ、あはれがりけり。

第七十八段

むかし、たかきこと申す女御おはしましけり。うせ給ひて、なゝ七日のみわざ、安祥寺にてしけり。右大将ふぢはらのつねゆきといふ人いまそかりけり。そのみわざにまうでたまひてかへさに、山[15]しなのぜんじのみこおはします、その山しなの宮に、たきおとし、水はしらせ

10 講。
11 業平が右馬頭になったのは、貞観七年。この法要の六年後。
12 捧げ物を山と見誤ったままで。
13 普通は、山がみな移動してきて、今日の法要に出席することは、女御との春の別れを弔おうとしてなのだなあと釈し、涅槃経に釈迦入滅の時に山が崩れ動いたという故事と関連させて、釈迦入滅の二月十五日とあわせて「春の別れ」と言ったのだと言うが、多賀幾子の四十九日は一月二日であって必ずしも釈然としない。古今六帖第四（三四〇三）業平。ただし、第五句「とふとなりけり」。在中将集。雅平本業平集。
14 その当時は。
15 人康親王。仁明天皇の第四皇子。史実から言えば、多賀幾子の四十九日にはまだ出家していなかった。

などして、おもしろくつくられたるに、まうでたまうて、「としごろ、よそ[1]にはつかうまつれど、ちかくはいまだつかうまつらず。こよひは、こゝにさぶらはむ」と申したまふ。みこ、よろこびたまう《ふ》て、よるのおましのまうけせさせ給ふ。さるに、かの大将、いでて、たばか[2]りたまふやう、「みやづかへのはじめに、たゞ、なほ[3]《を》やはあるべき。三条[4]のおほみゆきせし時、きのくに[5]の千里のはまにありける、いとおもしろきいしたて[6]まつれりき。おほみゆきののち、たてまつれりしか[7]ば、ある[8]人のみざうしのまへのみぞにすゑ《へ》たりしを、しま[9]このみ給ふきみ也。このいしをたてまつらん」とのたまひて、みずいじん・とねりして、とりにつかはす。いくばくもなくて、もてきぬ。このいし、きゝしよりは、みるはまされり。「これを、たゞにたてまつらば、すゞろなるべし」とて、人々にうたよませたまふ。みぎのむまのかみなりける人のをなむ、あを《お》きこけをきざみて、まきゑのかたに、このうたをつけて、たてまつりける。

1　遠くから敬慕していましたが。
2　相談する。
3　平凡な仕え方ではいけない。
4　貞観八年三月二十三日、西三条右大臣良相（この常行・多賀幾子らの父）の百花亭に行幸があったこと。ただし、史実ではこの法要より後。
5　和歌山県日高郡南部（みなべ）町の海岸。
6　その土地の人が良相に。
7　良相が帝に。
8　内裏のある女性の。
9　庭園。当時の庭園の中心は池の中の島であったからか。

[10]あかねどもいはにぞかふる色見えぬ
心を見せむよしのなければ　（一四〇）
となむよめりける。

第七十九段

むかし、[11]うぢのなかに、みこうまれ給へりけり。御うぶやに、ひとびと[12]哥よみけり。[13]御おほぢかたなりけるおきなのよめる。

[14]わがかどにちひろあるたけ《影》をうゑ《へ》つれば
夏冬たれかかくれざるべき　（一四一）

これは[15]さだかずのみこ。[16]時の人、中将の子となんいひける。あにの中納言ゆきひらのむすめのはらなり。

第八十段

昔、[17]おとろへたる家に、ふぢの花うゑ《へ》たる人ありけり。やよひのつ

10 自分の赤心、すなわち、親王に対する忠実な心を色に表わして見せる方法がありませんので、不十分ですが、岩にその代わりをさせます。岩はいつまでも形を変えない固いものですから。在中将集。雅平本業平集にはこの歌があったはずだが欠脱した。

11 氏族の中に。

12 祝賀の歌をよんだ。

13 御祖父方。親王の母の父。

14 わが一族の中に千尋(ひろ)もある竹を植えたから、夏であろうと冬であろうと、誰でもその蔭にかくれることができるはずだ。一族に立派な親王が生まれたから、誰でもその庇護を受けられるに違いない。親王を竹に擬することは、史記の梁の孝王の故事によるか。「ちひろの竹」の故事も山海経によるか。底本始め、定家本は「ちひろあるかげ」。「た」の草体「[illegible]」が「か」の草体「う」に誤ったのであろう。在中将集。雅平本業平集は欠脱。

15 貞数親王。清和天皇の皇子。母は在原行平の娘文子。貞観十八年三月十三日生。

16 業平の色好み的イメージができ上がってからの記述か。

17 在原氏を暗示するのであろう。

ごもりに、その日[1]、あめそほふるに、人のもとへ、をり《お》てたてまつら[2]すとて、よめる。

ぬれつゝ[3]ぞしひ《ゐ》てを《お》りつる年の内に
はるはいくかもあらじとおもへば　（一四三）

第八十一段

むかし、左のおほいまうちぎみ[4] いまそかりけり。かも河のほとりに、六條わたりに、家[5]をいとおもしろくつくりて、すみたまひけり。神な月のつごもりがた、きく[6]の花うつろひさかりなるに、もみぢのち[7]くさに見ゆるをり《お》、みこたち おはしまさせて、夜ひとよ、さけのみし、あそびて、よあけもてゆくほどに、このとのゝおもしろきをほむるうたよむ。そこにありけるかたゐ[8]おきな《を》、いた《たい》じき[9]のしたにはひありきて、人にみなよませはてて、よめる。

しほがま[10]にいつかきにけむあさなぎに

1 河野本「その日」なし。
2 相手は身分の高い人であろう。
3 古今集春下（一三三）業平朝臣。在中将集。雅平本業平集。
4 源融。勘物（一一一ページ）参照。
5 いわゆる河原院である。
6 当時は白菊のやや変色したのを賞美したのである。
7 濃く淡く、紅や黄色に。
8 乞食の翁。当時は、ことほぎは、いやしい乞食体の翁の業であった（解題一二七ページ参照）。
9 天福本「たいじき」、諸本によって改む。
10 在中将集。雅平本業平集。

つりするふねはこゝによらなん　（一四三）

となむよみけるは、[11]みちのくにゝいきたりけるに、あやしくおもしろき所々おほかりけり。[12]わがみかど六十よこくの中に、しほがまといふ所ににたるところなかりけり。さればなむ、かのおきな、さらにこゝをめでゝ、「しほがまにいつかきにけむ」とよめりける。

第八十二段

むかし、[13]これたかのみこと申すみこおはしましけり。[14]山ざきのあなたに、みなせといふ所に宮ありけり。年ごとのさくらの花ざかりには、その宮へなむおはしましける。その時、[15]右のむまのかみなりける人を、つねにゐておはしましけり。時世《ときよ》へて、ひさしくなりにければ、[16]その人の名、わすれにけり。かりはねんごろにもせで、さけをのみのみつゝ、やまとうたに[17]かかれりけり。いまかりする[18]かたのゝ[19]なぎさの家、そのゐんのさくら、ことにおもしろし。その木のもとにおり

11　昔、若い時、陸奥へ行った時に。（一四・一五段参照）
12　我が朝。
13　文徳天皇の第一皇子。母の紀静子は紀名虎の娘で有常と同胞。貞観十四年(八七二)に出家。八四四—八九七。
14　京都府（山城国）乙訓郡大山崎町。京都府の最南端。そのすぐ南が水無瀬であるが、これは大阪府（摂津国）三島郡島本町。
15　物語の主人公。七七・七八段参照。
16　語り手の立場。
17　かかわっていた。たずさわっていた。一説、とりかかった。
18　交野。大阪府枚方市。もと河内国交野郡であったが明治二九年北河内郡に合併される。現在の交野市より広い範囲を呼んでいたのである。
19　大阪府枚方市渚。

ゐて、枝ををりてかざしにさして、かみ・なか・しも、みな歌よみけり。うまのかみなりける人のよめる。

[1]世の中にたえてさくらのなかりせば
　はるの心はのどけからまし　（一四四）

となむよみたりける。又、人のうた、

ちればこそいとどさくらはめでたけれ
　うき世になにかひさしかるべき　（一四五）

とて、その木のもとはたちてかへるに、日ぐれになりぬ。御ともなる人、さけをもたせて、野[2]よりいできたり。「このさけをのみてむ」とて、よき所をもとめゆくに、あ[3]まの河といふところにいたりぬ。みこに、むまのかみ、おほみきまゐ《い》る。みこのたまひける、「『かた野をかりてあまの河のほとりにいたる』を題にて、うたよみて、さかづ《月》きはさせ」とのたまうければ、かのむまのかみ、よみてたてまつりける。

1 古今集春上（五三）在原業平朝臣。新撰和歌第一。古今六帖第六（四二三）業平。ただし第三句「咲かざらば」。前十五番歌合。深窓秘抄。金玉集。三十六人撰。在中将集。雅平本業平集。

2 野を通って。

3 大阪府枚方市禁野を流れる川。今もその名である。

[4]かりくらしたなばたつめにやどからむ
　あまのかはらに我はきにけり　（一四六）

みこ、うたをかへす《返》がへす《々》ずんじたまうて、[5]返しえしたまはず。[6]きのありつね、御ともにつかうまつれり。それが返し、

[7]ひとと《ゝ》せにひとたびきます君まてば
　やどかす人もあらじとぞ思ふ　（一四七）

かへりて[8]宮にいらせ給ひぬ。夜ふくるまで、さけのみ、物がたりして、あるじのみこ、ゑひていりたまひなむとす。十一日の月もかくれなむとすれば、かのむまのかみのよめる。

[9]あかなくにまだきも月のかくるゝか
　山の端《葉》にげていれずもあらなん　（一四八）

みこにかはりたてまつりて、きのありつね、

[10]お《を》しなべて峯もたひらになりななむ
　山の端《葉》なくは月もいらじを　（一四九）

4 古今集羇旅（四一八）業平朝臣。新撰和歌巻三。古今六帖第二（一二九七）業平。在中将集。雅平本業平集。

5 感じ入って、一言も発し得ぬのである。

6 勘物（一一〇ページ）および一六段・三八段など参照。

7 古今集羇旅（四一九）紀有常。古今六帖第二（一二九八）作者名無。在中将集。雅平本業平集。

8 水無瀬離宮。

9 古今集雑上（八八四）業平朝臣。新撰和歌巻四。古今六帖第一（三三七）業平。在中将集。雅平本業平集。

10 後撰集雑三（一二四九）「おしなべて峯もたひらになりななむ山の端なくは月もかくれじ」上野岑雄。古今六帖第一（三四四）「大方は峯もたひらになりななむ山のあればぞ月もかくるる」上毛のみわけ。

第八十三段

むかし、みなせにかよひ給ひしこれたかのみこ、れいのかりしにおはします。ともに、うまのかみなるおきなつかうまつれり。日ごろへて、宮[1]にかへりたまうけり。御お《を》くりして、「とくいなん」とおもふに、「おほみきたまひ、ろくたまはむ」とて、つかはさざりけり。このむまのかみ、心[2]もとながりて、

まくら[3]とて草ひきむすぶこともせじ
秋の夜とだにたのまれなくに　（一五〇）

とよみける。時は、やよひのつごもりなりけり。みこ[4]、おほとのごもらで、あかし給うてけり。

かくしつつ、まうでつかうまつりけるを、おもひのほかに、御[5]ぐしおろしたまうてけり。む月に、「を《お》がみたてまつらむ」とて、小野[6]にまうでたるに、ひえの山のふもとなれば、雪いとたかし。しひ《ゐ》て、み

1 水無瀬離宮ではなく、京都の宮殿。
2 帰れるのかどうか不安で……と解くのが普通であるが如何。親王を残して帰宅するのが不安で。
3 枕だと言って草を引いて結ぶことはいたしますまい（旅寝はいたしますまい）。秋の夜でさえ長い夜だと言って安心していることはできないのに、まして今は春だからすぐに明けてしまいますから……と解くのが普通であるが如何。枕として草を引き結ぶようなことはしますまい（眠ったりしますまい）。秋の夜でさえ長いと言って安心できないのに、まして今は春だから、眠らずに一晩中、ともに明かしましょう。古今六帖第四（二四二四）同第五（三二四三）作者名無。在中将集。雅平本業平集。
4 親王はその歌によろこばれて。
5 貞観十四年（八七二）出家。
6 山城国愛宕郡小野郷。今の八瀬大原の近く。

むろにまうでて、を《お》がみたてまつるに、つれづれと、いと物がなしくておはしましければ、ややひさしくさぶらひて、いにしへのことなど、思ひいできこえけり。「さてもさぶらひてしかな」とおもへど、おほやけごとどもありければ、えさぶらはで、ゆふぐれに、かへるとて、

わすれて[7]はゆめかとぞ思ふおもひきや
ゆきふみわけて君を見むとは　（一五二）

とてなむ、なく〳〵きにける。

第八十四段

むかし、を《お》とこ有りけり。身[8]はいやしながら、はゝなむ宮[9]なりける。そのはゝ、なが[10]をかといふ所にすみ給ひけり。子《こ》は京に宮づかへしければ、まうづとしけれど、しばしばえまうでず。ひ[11]とつごにさへありければ、いとかなしうし給ひけり。さるに、しはすばかりに、と

7　古今集雑下（九七〇）業平朝臣。古今六帖第一（七三五）作者名無。在中将集。雅平本業平集。

8　官位は低いけれど。

9　桓武天皇皇女伊都内親王。

10　五八段参照。

11　従来、業平と兄の行平は同腹と考えられていたが、そうでないことが明らかにされた（角田文衛「業平の東下り」『文学』昭和44年12月号）。したがって、実際に「一人子」であった可能性は大きい。

みのこととて、御ふみあり。おどろきて見れば、うたあり。

老[1]いぬればさらぬわかれのありといへば
いよいよ見まくほしききみかな　（一五二）

かの子《こ》、いたううちなきてよめる。

世[2]の中にさらぬわかれのなくも哉
千よもといのる人のこのため　（一五三）

第八十五段

昔、をとこ《お》有りけり。わらは[3]よりつかうまつりけるきみ、御[4]ぐしおろしたまうてけり。む[5]月には、かならずまうでけり。おほやけのみやづかへしければ、つねには、えまうでず。されど、もとの心うしなはでまうでけるになん有りける。むかしつかうまつりし人、ぞくなる、ぜんじなる、あまたまゐ《い》りあつまりて、む月なれば、事[6]たつとて、おほみきたまひけり。ゆきこぼすがごとふりてひねもすにやまず。みな

1　古今集雑上（九〇〇）第二句「さらぬ別れも」。在中将集。雅平本業平集。

2　古今集雑上（九〇一）業平朝臣。第四句「ちよもとなげく」ただし元永本「いのる」在中将集。雅平本業平集。

3　実際は、業平の方が二十歳も年長。

4　貞観十四年（八七二）出家。

5　八三段の変奏と言える。

6　事始めだと言って。

人、ゑひて、『雪にふりこめられたり』といふをだいにて、うたありけり。

おも[7]へども身をしわけねばめかれせぬ
ゆきのつもるぞわが心なる　（一五四）

とよめりければ、みこ、いといたうあはれがりたまうて、御ぞぬぎて、たまへりけり。

第八十六段

昔、いとわかきをと《お》こ、わかき女をあひいへりけり。お《を》の〳〵、おやありければ、つゝみて、いひさしてやみにけり。年ごろへて、女のもとに、猶、心ざしはたさむとや思ひけむ、をと《お》こ、うたをよみてや[8]れりけり。

今[9]までにわすれぬ人は世にもあらじ
お《を》のがさまざま年のへぬれば　（一五五）

7　いつもおたずねしたいと思っても、体を二つにすることができないので御無沙汰しております。ここは比叡山のふもとであるから雪が目から離れず、絶えず眼前にあるが、このつもっている雪こそ、私のつもる心と同じですよ。古今集離別(三七三)「思へども身をし分けねば目に見えぬ心を君にたぐへてぞやる」伊香淳行。古今六帖第一（七三三）作者名無。第四句「雪のとむるぞ」。在中将集。雅平本業平集。

8　河野本「やれりける」。

9　今まで忘れずにいてくれる人はまさかあるまい。お互いに長年それぞれに生活してきたのだから。古今六帖第五（二九一七）作者名無。在中将集。雅平本業平集。

とて、やみにけり。を《お》とこも女も、[1]あひはなれぬ宮づかへになん、いでにける。

第八十七段

むかし、を《お》とこ、[2]津のくに、むばらのこほり、あしやのさとに、しるよしして、いきてすみけり。むかしのうたに、[3]「あしのやのなだのしほやきいとまなみつげのをぐしもささずきにけり」とよみけるぞ、このさとをよみける。ここをなむ、あしやのなだとはいひける。このを《お》とこ、[4]なまみやづかへしければ、[5]それをたよりにて、[6]ゑふ《う》のすけども、あつまりきにけり。[7]このを《お》とこのこのかみも、ゑふのかみなりけり。その家のまへの海のほとりにあそびありきて、「いざ、この山のかみにありといふ[8]ぬのびきのたき見にのぼらん」といひて、のぼりて見るに、そのたき、物よりこと也。ながさ二十丈、ひろさ五丈ばかり《許》なるいしのおもて、しらぎぬにいはをつゝめらんやうになむありけ

1 離れることのできない職務。

2 摂津国菟原郡芦屋里。今の兵庫県芦屋市のあたり。

3 万葉集巻三（二七八）「然之海人者軍布苅塩焼無暇髪梳乃小櫛取毛不見久爾」石川少郎。古今六帖第五（三二八〇）「あしのやの灘の塩焼暇なみつげの小櫛もささず来にけり」作者名無。雅平本業平集。

4 宮仕えとも言えないような宮仕え。

5 それを縁にして。

6 天福本「ゑうのすけ」とあるが改める。衛府の次官。

7 在原行平を暗示する。勘物（一〇九ページ）参照。

8 布引の滝。神戸市葺合区布引町の北方の滝。

る。さるたきのかみに、[9]わらうだのおほきさして、さしいでたるいしあり。そのいしのうへにはしりかゝる水は、[10]せうかうじ・くりのおほきさにてこぼれおつ。そこなる人に、みな、たきの哥よます。かのゑふのかみ、まづよむ。

[11]わが世をばけふかあすかとまつかひの
なみだのたきといづれたかけん　(一五六)

[12]あるじ、つぎによむ。

[13]ぬきみだる人こそあるらし白玉の
まなくもちるかそでのせばきに　(一五七)

とよめりければ、[14]かたへの人わらふことにや有りけん、この哥にめでて、やみにけり。

[15]かへりくるみちとほ《を》くて、うせにし宮内卿[16]もちよしが家のまへくるに、日くれぬ。[17]やどりの方を見やれば、あまのいさり火おほく見ゆるに、[18]かのあるじのを《お》とこよむ。

9 わらで作った円形の座ぶとんのようなもの

10 小柑子。蜜柑の原種か。

11 自分の世に時めくのを今日か明日かと待つ甲斐もなく、流れ落ちる涙の滝とこの布引の滝とはどちらが高いことだろう。かひは「甲斐」と「峡」の掛け詞。雅平本業平集。

12 物語の主人公。

13 つないだ玉の緒をぬいて乱す人があるらしい。白玉が次から次へと散ってゆく。それを受け入れる私の袖はせまいのに。「袖がせばい」ということは不遇の身を暗示すると言う。古今集雑上（九二三）業平朝臣。古今六帖第三（一七二一）作者名無。第四句「まなくもふるか」。新撰和歌巻四。在中将集。雅平本業平集。

14 傍らの人は笑うどころか、この歌に感じ入って、自分がよむのをやめてしまった。

15 布引の滝から芦屋まで、一五キロぐらいあろう。

16 実在人物。和歌知顕集があげる藤原元善説が最近再びとりあげられている。原国人「伊勢物語成立史断片」（『文学語学』49号）なお、略本系と別本の最福寺本は「もとよし」とある。

17 芦屋の方。

18 物語の主人公。

[1]はる〻夜のほしか河辺の螢かも
　わがすむかたのあまのたく火か　（一五八）

とよみて、家にかへりきぬ。

その夜、南の風ふきて、浪いとたかし。つとめて、[2]その家のめのこども、いでて、[3]うきみるの、なみによせられたる、ひろひて、いへ《ゑ》の内にもてきぬ。[4]女かたより、そのみるを、たかつきにもりて、[5]かしはをおほひていだしたる、かしはにかけり。

[6]渡津海のかざしにさすといはふ藻《も》も
　きみがためにはを《お》しまざりけり　（一五九）

[7]ゐなか人のうたにては、あまれりや、たらずや。

第八十八段

昔、いとわかきにはあらぬ、これかれ、ともだちども、あつまりて、月を見て、それがなかに、[8]ひとり、

1　在中将集。雅平本業平集。

2　物語の主人公の妻子。

3　浮き海松。

4　物語の主人公の妻子の側より。したがって、次の歌の作者はその女である。

5　柏の葉。

6　海神がかんざしにして生命を寿ぐという藻、それほど大切なものですが、あなたのためには惜しくありません。古今六帖第四（三三三）作者名無。第二句「かざしにさして」

7　語り手の介入。田舎の女の歌としては、よくできているだろうか、未熟だろうか。主人公の妻は正妻ではなく、いわゆる現地妻であったのだ。なお、この末尾の詞を始め、この部分は三三段と関係が深い。

8　物語の主人公。

おほかたは[9]月をもめでじこれぞこの
つもれば人のおいとなる物　（一六〇）

第八十九段

むかし、いやしからぬを《お》とこ、我よりはまさりたる人を思ひかけて年へける。

ひとしれず[10]我こひしなばあぢきなく
いづれの神になきなおほせん　（一六一）

第九十段

むかし、つれなき人を、「いかで」と思ひわたりければ、あはれと[11]や思ひけん、「さらば、あす、ものごしにても[12]」といへりけるを、かぎりなくうれしく、又、うたがはしかりければ、おもしろかりけるさくらにつけて、

9 いいかげんな態度で月を賞美しないでおこう。この月を重ねてゆくと人の老いになるのだから。空の月と年月の月を掛けたのである。古今集雑上（八七九）業平朝臣。古今六帖第一（三三九）作者名無。在中将集。雅平本業平集。

10 人に知られぬままに（あるいは、相手の女に知られぬままに）私が恋い死にしたならば、神の祟りだなどと言って、関係のないどの神かに無実の罪をおわせるだろう、あじきない、いやな思いだ。

11 相手の女が。

12 すだれごしにでも会おう。

[1]さくら花けふこそかくもにほふとも
あなたのみがたあすのよのこと　（一六二）

とい[2]ふ。心[3]ばへもあるべし。

第九十一段

むかし、月日のゆくをさへなげくを《お》とこ、三月つごもりかたに、

[4]を《お》しめども春のかぎりのけふの日の
ゆふぐれにさへなりにける哉　（一六三）

第九十二段

むかし、こひしさにきつゝかへれど、女にせうそこをだにえせで、よめる。

[5]あし辺こぐたなゝしを舟いくそたび
ゆきかへるらんしる人もなみ　（一六四）

1 桜花は今日はこのように美しく色づいていても、あすの夜のことはわからない。それと同じで今日はそのようにご返事いただいたが、明日、はたして本当に会っていただけるかどうか、期待できるものではない。

2 諸注、連体形として「心ばへ」に続けるが如何。

3 意が発展すること。別の意をにおわせていること。桜に託して女の言葉が明日実行されるかどうか語り手も不安がっている。

4 後撰集春下（一四二）詠人不知。第三句「今日のまた」。

5 古今集恋四（七三二）「堀江こぐたななしを舟こぎかへりおなじ人にや恋ひわたりなむ」詠人不知。古今六帖第三（一六五四）「入江こぐたななしを舟こぎかへりおなじ人のみ思ほゆるかな」作者名無。

第九十三段

むかし、を《お》とこ、身はいやしくて、いとになき人を思ひかけたりけり。すこした[6]のみぬべきさまにやありけん、ふして思ひ、おきておもひ、思ひわびてよめる。

[7]あふな〱思ひはすべしなぞへなく
たかきいやしきくるしかりけり　（一六五）

[8]むかしも、かゝることは、世のことわ《は》りにやありけん。

第九十四段

むかし、を《お》とこ有りけり。いかゞありけむ、そのを《お》とこすまずなりにけり。のちにをとこありけれど、こあるなかなりければ、こまかにこそあらねど、時々《く》ものいひお《を》こせけり。女[9]かたに、ゑかく人なりければ、かきにやれりけるを、[10]いまのを《お》とこの物すとて、ひとひ・ふつ

6 期待できそうな様子だったのであろうか。
7 平凡な（身分相応な）恋愛はすべきである。比べるもののないほどの身分の高い人と身分の卑しい人の恋愛は苦しいものだ。「あふな〱」は「おほな〱」と関係あるか。あるいは「おほに（凡に、万葉集に例あり）」とも関係があるか。古今六帖第五（三一四） 作者名無。在中将集。雅平本業平集。
8 昔も、このようなこと（身分違いの恋が苦しいこと）は世間一般の道理であったのだなあ。
9 「かきにやれりけるを」に続き、「ゑかく人なりければ」は挿入句的説明。
10 今の男がやってきていると言って。

かお《を》こせざりけり。かのを《お》とこ、いとつらく、「[1]お《を》のがきこゆる事をば、いままでたまはねば、ことわ《は》りとおもへど、猶、人をばうらみつべき物になんありける」とて、[2]ろうじて、よみてやれりける。時は秋になんありける。

[3]秋の夜は春日《ひ》わするゝ物なれや
かすみにきりやちへまさるらん　（一六六）

となんよめりける。女返し、

[4]千々の秋ひとつの春にむかはめや
もみぢも花もともにこそちれ　（一六七）

第九十五段

むかし、二条の后につかうまつるを《お》とこ有りけり、女のつかうまつるを、[5]つねに見かはして、よばひわたりけり。「いかで、[6]物ごしにたいめんして、おぼつかなく思ひつめたること、すこしはるかさん」と

1 「なほざりにして」を補って考えればよくわかる。自分が申すことを、いいかげんにして、今まで絵を書いて下さらぬので。
2 弄じて。からかって。皮肉って。
3 古今六帖第五（二八七五）作者名無。在中将集。雅平本業平集。
4 多くの秋も一つの春にはかないません。紅葉も花も共に散ります（今の夫はあなたにかないません。しかし、結局はどちらもが私から去ってゆくものです）。
5 一九段の延展。
6 すだれごしに。

いひければ、女、いとしのびて、ものごしにあひにけり。物がたりなどして、を《お》とこ、

[7]ひこぼしにこひはまさりぬあまの河
　へだつるせきをいまはやめてよ　（一六〇）

[8]このうたにめでて、あひにけり。

第九十六段

むかし、を《お》とこ有りけり。女をとかくいふこと月日へにけり。[9]いは木にしあらねば、「心くるし」とや思ひけん、[10]やう〳〵あはれと思ひけり。そのころ、みな月のもちばかりなりければ、女、身に、[11]かさひとつふたついできにけり。女、いひおこせたる、「今は、[12]なにの心もなし。身にかさも、ひとつふたつ、いでたり。時もいとあつし。すこし秋風ふきたちなん時、かならずあはむ」といへりけり。[13]あきまつころほ《を》ひに、こゝかしこより、[14]「その人のもとへいなむずなり」とて、[15]く

7 「物ごし」だから、「へだつる関」と言ったのである。

8 この歌に感じ入って。

9 女も。

10 だんだんと。

11 瘡。はれもの。

12 ほか心はない。

13 武田本など定家本の一部に「あきたつ」とあってその方がよいかに思われるが、広本系も「まつ」であり、略本系も「さてあきまつほどに」となっているので、そのままにしておいた。

14 誰々の所へ行ってしまうと言うことだ。

15 口舌。悪口。非難。

ぜちいできにけり。さりければ、女[1]のせうと、にはかにむかへにきたり。されば、この女、かへ《え》でのはつもみぢをひろはせて、うたをよみて、かきつけてお《を》こせたり。

秋[2]かけていひしながらもあらなくに
この葉ふりしくえにこそありけれ　（一六九）

とかきお《を》きて、「かしこより人お《を》こせば、これをやれ」とて、いぬ。さて、やがて、のち、つひ《ゐ》にけふまでしらず。よ[3]くてやあらむ、あしくてやあらん。いにし所もしらず。か[4]のを《お》とこは、あまのさかてをうちてなむ、のろひをるなる。「むくつけきこと、人ののろひごとは、おふ物にやあらむ、おはぬ物にやあらん、いまこそは見め」とぞいふなる。

第九十七段

むかし、ほ[5]り河のおほいまうちぎみと申すいまそかりけり。四十の

1 女の兄。五・六段などの変奏か。
2 秋まで待って下さい（秋を期待して下さい）と言いながらも、そうはならずに、木の葉が散って一切が空しくなるような縁であったのだなあ。「えに」は六九段「わたれどぬれぬえにしあれば」の注参照。
3 幸せであろうか。不幸せであろうか。行ってしまった所もわからない。
4 作者の立場からの後日譚の付記。例の男は、あまのさか手を打ってのろっていたということだ。えげつないことだが、人の呪いは効果があるものか、ないものか、今こそはっきりさせてやろうと言っているということだ。二つの「なる」は伝聞の助動詞連体形。「あまのさか手をうつ」は不明。人を呪うしぐさであろう。
5 藤原基経。六段参照。その四十賀は貞観十七年（八七五）。

賀、九条の家にてせられける日、中将[6]なりけるおきな[7]、

[8]さくら花ちりかひくもれおいらくの
こむといふなるみちまがふがに　（一七〇）

第九十八段

昔、[9]おほきおほいまうちぎみときこゆるおはしけり。つかうまつる[10]を《お》とこ、なが月ば《許》かりに、むめのつくりえだにきじをつけてたてまつるとて、

[11]わがたのむ君がためにとを《お》る花は
ときしもわかぬ物にぞ有りける　（一七一）

とよみて、たてまつりたりければ、いとかしこくを《お》かしがり給ひて、使にろくたまへりけり。

第九十九段

6　業平が中将になったのは二年後のこと。勘物（一〇八ページ）参照。

7　寿ぎの歌だから「翁」というのである。八一段参照。また解題（一二七ページ）参照。

8　桜花よ。散り交じって曇るがごとくになれ。老いが来るとかいう道がわからなくなるように。古今集賀（三四九）在原業平朝臣。雅平本業平集。

9　藤原良房。天安元年二月、任太政大臣。

10　物語の主人公。

11　私が信頼しております御主人様のためにと折る花は、シーズンにかかわりのないものでありますよ。「きじ」をよみこんでいる物名の歌。古今集雑上（八六六）詠人不知。初句「かぎりなき」。古今六帖第五（三一三八）作者名無。上句「かぎりなき君がかたみと」

むかし、[1]右近の馬場の[2]ひをりの日、むかひにたてたりけるくるまに、女のかほの、したすだれより、ほのかに見えければ、中将なりけるを《お》とこのよみてやりける。

[3]見ずもあらず見もせぬ人のこひしくは
あやなくけふやながめくらさん　（一七二）

返し、

[4]しるしらぬなにかあやなくわきていはん
おもひのみこそしるべなりけれ　（一七三）

[5]のちは、たれとしりにけり。

第百段

むかし、を《お》とこ、[6]後涼殿の[7]はさまをわたりければ、あるやむごとなき人の御つぼねより、わすれぐさを、[8]「しのぶぐさとやいふ」とて、いださせたまへりければ、たまはりて、

1 右近衛に属する馬場。一条から大宮の方にあったという。
2 近衛府の舎人の騎射のことという。「袖中抄」参照。
3 見ないというわけでもなく、見るというわけでもなかったあなたが恋しくて、わけもなく、今日一日、物思いにふけってくらすことだ。古今集恋一（四七六）在原業平朝臣。大和物語一六六段。在中将集。
4 知ったとか知らないとか、どうしてわけもなく区別して言えましょうか。恋の道では、ただ思いだけが、燈火のように道しるべになるのですよ。「思ひ」に「火」を掛ける。古今集恋一（四七七）詠人不知。古今六帖第五（三三四二）作者名無。在中将集。
5 後に逢ってこの女が誰であるか知ったのである。語り手の立場からの注。
6 清涼殿の西にある建物。
7 清涼殿との間。「はざま」ではなく「はさま」と発音した。
8 「これを忍ぶ草というのでしょうか」忘られているのを忍べとおっしゃるのでしょうか。普通「わすれぐさをしのぶぐさとかいふ」とするが、如何。

（一七四）

忘草[9]おふるのべとは見るらめど
こはしのぶなりのちもたのまん

第百一段

むかし、左兵衛督[10]なりける在原のゆきひらといふありけり。その人の家に、よきさけありときゝて、うへにありける左中弁[11]ふぢはらのまさちかといふをなむ、まらうとさね[12]にて、その日はあるじまうけしたりける。なさけある人[13]にて、かめに花をさせり。その花のなかに、あやしき[14]ふぢの花ありけり。花のしなひ三尺六寸ばかりなむありける。それをだいにてよむ。よみはてがたに、あるじのはらからなる、あるじしたまふときゝてきたりければ、とらへてよませける。もとより、うたのことはしらざりければ、すまひ[15]けれど、しひ《ゐ》てよませければ、かくなん、

さ[16]く花のしたにかくるゝ人をおほみ

9 こんな草をお示しになると、普通の人なら忘草が生えている野辺（あなたがもうお忘れ）と見るだろうが、なるほどこれはお言葉通り忍ぶ草です。私の方も将来を期待させていただきましょう。大和物語一六二段。在中将集。

10 勘物（一〇九ページ）参照。

11 藤原良近。藤原吉野の子、総継の孫。二条后の母は総継の娘であるから、二条后とはいとこになる。貞観十六年左中弁。行平が左兵衛督の時は左少弁。

12 正客。六九段の「つかひさね」参照。

13 情趣を解する人。

14 奇妙なほど大きい藤の花。

15 ことわる。

16 咲く花の下にかくれる人が多いので、以前にまさって大きくなる藤の蔭であるよ（全盛の大臣家の下にかくれている縁の下の力持ちが多いので、以前にまして藤原氏の一族は栄えることだ。）学習院本「人をほみ」とあるが、「多し」の場合、定家は「お」を用いているので（6・43・74・81・87段）河野本によった。雅平本業平集。

ありしにまさるふぢのかげかも　（一七五）

「など、かくしもよむ」といひければ、「[1]おほきおとゞの栄《ゑい》花のさかりにみまそかりて、藤氏のことにさかゆるをおもひてよめる」となんいひける。みな、ひと、[2]そしらずなりにけり。

第百二段

むかし、を《お》とこ有りけり。うたはよまざりけれど、[3]世の中を思ひしりたりけり。あてなる女のあまになりて、世の中を思ひうんじて、京にもあらず、はるかなる山ざとにすみけり。もと[4]しぞくなりければ、よみてやりける。

[5]そむくとて雲にはのらぬ物なれど
世のうきことぞよそになるてふ　（一七六）

となんいひやりける。[6]斎宮の宮なり《也》。

1 太政大臣が栄花の盛りでいらっしゃって、藤原氏が特別に栄えているのを思ってよんだ。

2 たとえば七九段の歌のように、藤の花が立派であるのでその蔭に多くの人がかくれられるのだという形でよまれるのが普通であるため、人々はいぶかしく思ったが、説明を聞いて正客の良近を重んじたそのよみ方がわかり、感心したのである。

3 男女の仲。

4 親族。「ん」は当時表記せぬことが多かった。

5 世をそむくと言っても仙人になれるわけではないが、とにかく男女間のわずらわしさからは遠く離れられるということです。「雲にのる」は仙人になること。荘子逍遙遊第一によるという。古今六帖第二（四四九）作者名無。在中将集。雅平本業平集。

6 語り手の注釈。この女は、かの斎宮（六九段参照）である。「斎宮の宮」と「宮」が重なる例は、斎宮女御集の詞書にある。

第百三段

むかし、を《お》とこ有りけり。いとまめに[7]じちようにて、あだなる心なかりけり。[8]ふか草のみかどになむ、つかうまつりける。心あやまりやしたりけむ、みこたちのつかひたまひける人を、あひいへりけり。さて、

[9]ねぬる夜の夢をはかなみまどろめば
いやはかなにもなりまさる哉　（一七七）

となんよみてやりける。[10]さるうたのきたなげさよ。

第百四段

むかし、ことなることなくて、あまになれる人有りけり。かたちをやつしたれど、[11]物やゆかしかりけむ、かものまつり見にいでたりけるを、を《お》とこ、うたよみてやる。

7 実用・実様などをあてるが不明である。実直の意であろう。
8 仁明天皇。
9 夢のような逢瀬をはかないものとなげいてまどろむと、今度は本当の夢で、ますますはかなくなってしまうことよ。古今集恋三（六四四）業平朝臣。古今六帖第四（三〇三〇）業平。在中将集。雅平本業平集。
10 その歌のきたなさよ。語り手は主人公に近い人である。主人公と一体になって卑下している。
11 物を見たかったのであろうか。関心があったのだろうか。

世をうみのあまとし人を見るからに[1]
めくはせよともたのまるゝ哉　（一七八）

これは[2]、斎宮の物見たまひけるくるまに、かくきこえたりければ、見さして、かへり給ひにけりとなん。

第百五段

むかし、を《お》とこ「かくては、しぬべし」といひやりたりければ、女、

白露[3]はけなばけななんきえずとて
たまにぬくべき人もあらじを　（一七九）

といへりければ、「いとなめし」[4]と思ひけれど、心ざし[5]は、いやまさりけり。

第百六段

昔、を《お》とこ、みこたちのせうえう[6]し給ふ所にまうでて、たつた河[7]の

1　世を憂きものと観ずる尼だとあなたを見るので、（海の海人《あま》だとあなたを思うから）目くばせをして下さいと期待されてくるのです。「憂み」「海」、「尼」「海人」、「見る」「海松(みる)」、「目くはせよ」「藻(め)食わせよ」がそれぞれ掛け詞、かつ全体が縁語である。
2　語り手の注釈。この段は一〇二段の延展したものであろう。「見さして」は「見物を中途にして」の意。
3　白露を男にたとえた。生きていても誰も相手にしてくれないというのである。家持集。
4　大変無礼だ。
5　愛情。四一段参照。
6　六七段参照。
7　奈良県（大和国）生駒郡を流れる川。紅葉の名所である龍田山の紅葉が流れてくるので有名。

ほとりにて、

[8]ちはやぶる神世もきかずたつた河
からくれなゐに水くゝるとは　（一〇〇）

第百七段

むかし、あてなるをとこ《お》ありけり。[9]そのをとこ《お》のもとなりける人を、内記に有りける[10]ふぢはらのとしゆきといふ人、よばひけり。されど、[11]まだわかければ、ふみも[12]をさ《お》〳〵しからず、ことばもいひしらず。いはむや、うたはよまざりければ、かのあるじなる人、[13]あんをかきて、かゝせてやりけり。[14]めでまどひにけり。さて、をとこ《お》のよめる。

[15]つれ〴〵のながめにまさる涙河
そでのみひちてあふよしもなし　（一〇一）

返し、[16]れいのをとこ《お》、女にかはりて、

---

8 古今集秋下（二九四）業平朝臣。古今集の詞書では「二条后の春宮の御息所と申しける時に御屛風に龍田川に紅葉流れたるかたを書けりけるを題にてよめる」とある。これを利用して物語化したのであろう。在中将集。雅平本業平集。

9 妹とか、妻の妹とか、侍女だとか言われている。

10 富士麿の子。母は紀名虎の娘。貞観十二年（八七〇）大内記。有名な歌人。

11 天福本を翻刻したテキストの多くは「まだ」がないが、原本には左傍に補入されている。

12 「長々し」か。長じていない。

13 案。

14 敏行がひどく感じ入った。

15 何も手がつかずに物思いにふけっている私の涙は、長雨以上で、袖が涙でぬれてしまって、お会いするめども立たない。古今集恋三（六一七）敏行朝臣。第四句「袖のみぬれて」。古今六帖第一（四五八）敏行。第五句「あふよしもなみ」。同第四（二〇七八）敏行。在中将集。雅平本業平集。

16 物語の主人公。

あさみこそそではひつらめ涙河
　身さへながるときかばたのまむ　（一八二）

といへりければ、をとこ《お》、いといたうめでて、いままで、まきて、ふばこにいれてありとなんいふなる。

をとこ《お》、ふみおこ《を》せたり。えてのちの事なりけり。「あめのふりぬべきになん見わづらひ侍る。身《み》、さいはひあらば、このあめはふらじ」といへりければ、れいのをとこ《お》、女にかはりて、よみてやらす。

かずかずに思ひおもはずとひがたみ
　身をしる雨はふりぞまされる　（一八三）

とよみてやれりければ、みのもかさもとりあへで、しとゞにぬれて、まどひきにけり。

第百八段

むかし、女、ひとの心をうらみて、

1 あなたの涙の川は浅いからこそ袖がぬれるのです。水が深くて身体まで流れるとおっしゃるならば、あなたをたよりにもいたしましょうが。古今集恋三(六一八) 業平朝臣。古今六帖第四(三〇七九) 業平。在中将集。雅平本業平集。

2 今まで、ずっと巻いて文箱に入れてあると言うことだ。

3 契りを結んで後のことであった。

4 「かずかずに」は不明。万葉集巻十三(三二五六)「数々丹不思人者」(しくしくにおもはず人は)を、当時「かずかずに」とよんでいたのではないか(秋本吉郎「平安前期の特徴的歌語について」『大阪経大論集』14)とも言われる。しからば「しきりに」の意であろうか。しきりに思って下さるのか下さらぬのか問うことができぬので、わが身が本当に思われているかどうか知ることのできる雨はいよいよ降りまさっております(真に思って下さるなら雨でも来て下さるだろう)。古今集恋四(七〇五)在原業平朝臣。古今六帖第一(四七四)業平。在中将集。雅平本業平集。

風[5]ふけばとはに浪こすいはなれや
わが衣手のかわ《は》く時なき　（一八四）

と、つねのことぐさにいひけるを、きゝ[6]おひけるを《お》とこ、
よ《夜》ひ《ゐ》[7]ごとにかはづのあまたなくたには
水こそまされ雨はふらねど　（一八五）

第百九段

むかし、を《お》とこ、ともだちの人をうしなへるがもとに、やりける。
花[8]よりも人こそあだになりにけれ
いづれをさきにこひんとか見し　（一八六）

第百十段

むかし、を《お》とこ、みそかにかよふ女ありけり。それがもとより、「こよひ、ゆめになん見え[9]たまひつる」といへりければ、を《お》とこ、

5　風が吹けばいつも浪がこす海岸の岩であるからか、貫之集。

6　自分のこととして聞く。一一四段参照。

7　毎晩、男が多くやってくるあなたの所は、さぞかしうるおっているでしょうよ。雨は降らなくても。

8　花よりも人の方が早く浮気して姿を変えてしまった（花が散るよりも早く人が死んでしまった）。　どちらの方に先に恋をすると思ったのだろうか（花の方に先に恋をしようと思っていたのに）。悲しみを駄洒落的に表わしているのである。人間を先に恋うとは限らないのに、あだな姿勢でどうして早く「うつろ」ってしまったのか、と言うわけである。古今集哀傷（八五〇）紀茂行。新撰和歌巻三。古今六帖第四（二四八八）　作者名無。

9　見られなさった。現われなさった。

おもひあまりいでにしたまのあるならん[1]
夜ふかく見えばたまむすびせよ　（一八七）

第百十一段

昔、を《お》とこ、やむごとなき女のもとに、なくなりにける[2]をとぶらふやうにて、いひやりける。

いにしへはありもやしけん今ぞしる
まだ見ぬ人をこふるものとは　（一八八）

返し、

したひものしるしとするもとけなくに[3]
かたるがごとはこひずぞあるべき　（一八九）

又、返し、

こひしとはさらにもいはじしたひもの[4]
とけむを人はそれとしらなん　（一九〇）

1 あなたを思うあまりに私の体から出ていった魂があるのだろう。夜ふけに夢に見えたら、魂が出歩くのをとめるまじないをして下さい。

2 侍女か何かが死んだのであろうか。

3 あなたは、まだ見ぬ私を恋うと言われるが、その恋の証拠になるという私の下紐も解けないのに、おっしゃるほどに恋いしたって下さっているはずがありません。後撰集恋三（七〇二）に、詠人不知として、次の歌の返歌の形で載っている。その方が、わかりやすい。古今六帖第五（三一九五）作者名無。

4 後撰集恋三（七〇一）在原元方。古今六帖第五（三三四八）作者名無。

第百十二段

むかし、を《お》とこ、ねむごろにいひちぎりける女の、[5]ことざまになりにければ、

[6]すまのあまのしほやく煙風をいたみ
おもはぬ方にたなびきにけり　（一九一）

第百十三段

昔、を《お》とこ、[7]やもめにてゐて、

[8]ながゝらぬいのちのほどにわするゝは
いかにみじかき心なるらん　（一九二）

第百十四段

むかし、[9]仁和のみかど、[10]せり河に行幸したまひける時、いまはさる

5 契りを破って、他の男のもとに行ってしまった。

6 風がはげしく吹くので（他の男がひどくさそうので）思いがけぬ方向へ流れていってしまった。古今集恋四（七〇八）詠人不知。古今六帖第一（七八九）作者名無。同第三（一七八三）作者名無。ともに初句「伊勢のあまの」。

7 妻と別れての一人ぐらし。

8 長くない人生において、契りを忘れてしまうのは、いかに気が短いのでしょう。

9 光孝天皇。仁和はその年号。

10 京都市伏見区鳥羽離宮跡の南を流れていた川。光孝天皇の芹川行幸は仁和二年十二月十四日（三代実録）。業平の死後七年たってからのこと。

ことにげなく思ひけれど、[1]もとつきにける事なれば、[2]おほたかのたかがひにてさぶらはせたまひける。[3]すりかりぎぬのたもとに、かきつける。

[4]おきなさび人なとがめそかり衣
けふばかりとぞたづもなくなる　（一九三）

[5]おほやけの御けしきあしかりけり。[6]お《を》のがよはひを思ひけれど、わかゝらぬ人はきゝおひけりとや。

第百十五段

むかし、みちのくににて、を《お》とこ、女、すみけり。を《お》とこ「みやこ《宮》へいなん」といふ。この女、いとかなしうて、うまのはなむけをだにせむとて、[7]おきのゐで、みやこじまといふ所にて、さけのませて、よめる。

[8]お《を》きのゐて身をやくよりもかなしきは

1 以前に従事していたことだから。
2 大鷹（冬行なう鷹狩り）の鷹飼。
3 プリント模様の狩衣。
4 私の老人ぶりを人はとがめるな。今日で終わりだと（今日までの命だと）鳥もないているようだ。狩衣のたもとに鶴の模様があったのであろう。後撰集雑一（一〇七六）在原行平朝臣。古今六帖第二（一三九六）行平。同第五（三三〇七）在中納言。
5 帝の御機嫌は悪かった。
6 自分の年の老いたのを歌ったのであるが、若くない人（天皇）は、自分のこととして聞いたということだ。帝は当時五十七歳。「聞きおふ」は一〇八段参照。
7 不明、沖の井手と宮古島、共に地名。古今集や伊勢物語武田本などでは「おきのゐ、みやこじま」とある。
8 燠火の上に居て身を焼くよりも悲しいのは都としまべの別れであるよ。古今集墨滅歌（一一〇四）小野小町。小町集（一九五九八）

みや《宮》こしまべのわかれなりけり　（一九四）

第百十六段

むかし、を《お》とこ、すゞろに、みちのくにまで、まどひいにけり。京[9]におもふ人に、いひやる。

浪[10]まより見ゆるこじまのはまひさぎ《し》
ひさしくなりぬきみにあひ見で　（一九五）

「なにごとも、みな、か《よ》[11]くなりにけり」となんいひやりける

第百十七段

むかし、みかど、住吉に行幸したまひけり。

我[12]見てもひさしくなりぬ住吉の
きしのひめ松いくよへぬらん　（一九六）

おほん神、[13]げんぎゃうし給ひて、

9 京にいる恋人に。九段参照。

10 あなたにお会いしないで長くなります。万葉集巻十一（二七五三）「浪間従所見小島之浜久木久成奴君爾不相四手」古今六帖第六（四三一三）作者名無。第三句「浜ひさぎ」。拾遺集恋四（八六五）詠人不知。第三句「浜ひさぎ」。天福本を始め定家本は「浜ひさし」とあるが、「き」の誤写として改めた。

11 天福本始め多くの諸本「よくなりにけり」とあり、「万事好転した」とか「旅に出るというような心も失せて一途にあなたを恋い慕っている」と解するが如何。「よ」は「あ」の誤写として、「かくなりにけり」、「このようになった」、つまり「すべてが昔のことになってしまった」の意とすべきであろう。

12 古今集雑上（九〇五）詠人不知。ただし、第三句「住の江の」、元永本など「住吉の」。新撰和歌巻四。古今六帖第二（一〇六七）作者名無。継色紙。この物語では、天皇に従駕した物語の主人公の作と見るべきであろう。

13 現形。住吉の神が松を依代として姿を現わしたのである。

1 「白浪」と「知らなみ」とをかける。私とは親しい仲だったとあなたは知らないけれども、久しい以前から祝福するようになっていたのです。

2 参上しましょう。

3 女の歌。あちらこちら通われる所が多くなったので、絶えず私を思って下さるという御心もうれしくありません。「玉蔓」は木にまつわりはう蔓草。古今集恋四（七〇九）詠人不知。古今六帖第五（三六三八）作者名無。第三句「ありといへば」。

4 「あた」は仇。自分の敵となり自分を傷つけるもの。男が形見として置いていったものが、かえって自分を傷つけて苦しめるというのである。古今集恋四（七四六）詠人不知。小町集。

[1]むつましと君は白浪みづかきの
ひさしき世よりいはひそめてき　（一九七）

第百十八段

昔、を《お》とこ、ひさしくお《を》ともせで、「わするゝ心もなし。[2]まゐ《い》りこむ」といへりければ、

[3]玉かづらはふ木あまたになりぬれば
たえぬ心のうれしげもなし　（一九八）

第百十九段

むかし、女の、あだなるを《お》とこの、かたみとてお《を》きたる物どもを、見て、

[4]かたみこそ今はあたなれこれなくは
わするゝ時もあらましものを　（一九九）

第百二十段

昔、を《お》とこ、女のまだ世へずと[5]おぼえたるが人の御もとにしのびて[6]
ものきこえてのち、ほどへて、

近江[7]なるつくまのまつりとくせなん
つれなき人のなべのかず見む　(二〇〇)

第百二十一段

むかし、を《お》とこ、梅壷[8]より雨にぬれて人のまかりいづるを、見て、

うぐひす[9]の花をぬふてふかさも哉
ぬるめる人にきせてかへさん　(二〇一)

返し、

うぐひす[10]の花をぬふてふかさはいな
おもひをつけよほしてかへさん　(二〇二)

5 まだ男をよく知らないと思われていた女。

6 主人の御もとにおいて、ひそかに心を交し申しあげた。

7 筑摩神社は滋賀県坂田郡米原町にある神社。その祭りの日に土地の女は、関係した男の数だけ鍋をかぶって参詣した。拾遺集雑恋(一二一九)詠人不知。第一句「いつしかも」、第三句「はやせなん」ただし、別本と広本系の多くは「はやせなん」

8 梅壷から雨にぬれてある女房が退出するのを。「梅壷」は擬花舎。飛香舎(藤壷)の北。襲芳舎の南。

9 鶯が青柳の糸で花を縫って作るという梅の花笠がほしいものだ。梅壷から出て濡れている人に着せて帰したいから。古今集神遊歌(一〇八一)「青柳を片糸によりて鶯のぬふてふ笠は梅の花笠」。古今集春上(三六)「鶯の笠にぬふてふ梅の花折りてかざさむ老かくるやと」東三条左大臣。古今六帖第二(一四〇四)同上。同第六(四二七)同上。

10 鶯が花を縫ってできたという笠はいりません。それよりも私に「思ひ」をつけて下さい(愛情を示して下さい)。その火でぬれた着物をほして、そのまま「思ひ」(愛情)をお返ししますから。「思ひ」の「ひ」と「火」をかけた。

第百二十二段

むかし、をとこ《お》、ちぎれることあやまれる人に、

[1]山しろのゐでのたま水てにむすび
たのみしかひもなきよなりけり　（二〇三）

といひやれど、いらへもせず。

第百二十三段

むかし、をとこ《お》ありけり。深草[2]にすみける女を、やう〳〵あきがたにや思ひけん、かゝるうたをよみけり。

[3]年をへてすみこしさとをいでていなば
いとゞ深草野とやなりなん　（二〇四）

女、返し

[4]野とならばうづらとなりてなきをらん

1 山城の井手の玉水を手ですくって飲んだ甲斐（あなたをたよりにした甲斐）もない間柄になってしまったなあ。井手は京都府綴喜郡。上三句は序。「たのみ」は「手飲み」と「頼み」の掛け詞。古今六帖第五（三二三五）作者名無。第二句「手にくみて」、勢語も定家本以外は「手にくみて」。

2 京都市伏見区深草。

3 長い間住んできた女の里を出ていったならば、深草の野が一層草深いものになってしまうだろうな。古今集雑下（九七一）業平朝臣。在中将集。

4 この庭が荒れて野となってしまったら、私は鶉となって鳴いていましょう。せめて狩りにぐらいは（かりそめには）あなたがいらっしゃらないこともないでしょうから。「狩」と「仮」を掛ける。古今集雑下（九七二）詠人不知。第二・三句「鶉となきて年はへむ」、元永本は「鶉となりてなきをらむ」。古今六帖第二（一二九一）作者名無。在中将集。

かりにだにやは君はこざらむ　（二〇五）

とよめりけるに、めでて、「ゆかむ」と思ふ心なくなりにけり。

第百二十四段

むかし、を《お》とこ、いかなりける事を思ひけるを《お》りにか、よめる。

[5]おもふことといはでぞたゞにやみぬべき

我とひとしき人しなければ　（二〇六）

第百二十五段

むかし、を《お》とこ、わづらひて、[6]心地しぬべくおぼえければ、

[7]つひ《ゐ》にゆくみちとはかねてきゝしかど

きのふけふとはおもはざりしを　（二〇七）

5 思うことは言わないで、そのままやめてしまう（死んでしまう）方がよいのだ。自分とまったく同じように心が通ずる人はないものだから。

6 辞世の歌だと言う。業平の伝は勘物（一〇八ページ）参照。

7 古今集哀傷（八六一）業平朝臣。大和物語一六五段、如意宝集雑下。在中将集。雅平本業平集。

〔天福本勘物〕

藤原定家が注記したものである。

業平朝臣　三品弾正尹阿保親王 平城天皇〻子 五男
　　　　　母、伊登内親王　桓武第八皇女、母藤南子 従三位乙叡女

年　月　日、任左近将監。承和十四年正月、補蔵人。嘉祥二年正月七日、従五位下。貞観四年正月七日、従五位上。五年二月十日、左兵衛権佐。六年三月八日、右近少将。七年三月九日、右馬権頭。十一年正月七日、正五位下。十五年正月七日、従四位下。元慶元年正月十五日、左近権中将。十一月廿一日、従四位上。二年正月十一日、相模権守。三年十月、蔵人頭。四年正月十一日、美濃権守。同廿八日卒。

親王　平城第三、母正五位下蕃良藤継女
　　　承和九年十月薨。贈一品。

行平卿　阿保親王一男

天長三年、仲平・行平・守平・業平賜姓在原朝臣。承和七年正月、蔵人。十二月、辞退。廿日、従五下廿四。十年二月、侍従。十三年正月、従五上、任左兵衛佐。五月、右近少将。仁寿三年、正五下。斉衡二年正月、四位、因幡守。四年、兵部大甫。天安二年二月、中務大甫。四月、左馬頭。三年正月、播磨守。貞観二年六月、内匠頭。八月廿六日、左京大夫。四年正月信乃守。同月、従四上。五年二月、大蔵大甫。[1]六年正月十六日、備前権守。三月八日、兼左兵衛督。八年正月、正四位下。十年五月、兼備中守。貞観十二年二月十三日、参議五十三。廿六日、左兵衛督。十四年八月廿一日、蔵人頭、左衛門督。十月十四日、別当。十五年、従三位、大宰帥。元慶元年、治部卿。六年正月、中納言六十五。八年、正三位、民部卿。仁和元年、按察。仁和三年四月十三日、致仕。寛平五年、薨。

1　学習院本「六年正月十六日」から「兼備中守」までを脱落し末尾に補う。

1　両本とも「四月」とあり、学習院本は傍に「日歟私」とある。

紀有常

承和十一年正月十一日、右兵衛大尉。嘉祥三年四月二日、左近将監。四[1]月蔵人。五月十七日、兼近江権大掾。仁寿元年七月廿六日、兼左馬助。十一月甲子、従五位下。二年二月廿八日、兼但馬介。三年正月十六日、右兵衛佐。四年正月十六日、兼讃岐介。転左兵衛。斉衡二年正月、従五位上。同十五年、左近少将。天安元年九月廿七日、兼少納言。二年二月五日、兼肥後権守。貞観七年三月九日、任刑部権大輔。九年二月十一日、任下野権守。十五年正月七日、正五下。十七年二月十七日、任雅楽頭。十八年正月七日、従四位下。十九年正月廿三日卒。年六十三。

二条后　中納言左衛門督贈太政大臣長良女　母紀伊守総継女

貞観元年十一月廿日、従五位下。五節舞妓

貞観八年十二月、女御宣旨。九年正月八日、正五位下。貞観十年十二月廿六日、生第一皇子廿七、帝御年十九。十一年二月、立為皇太子。十三年正月八日、従三位。元慶元年正月三日即位日、立為中宮卅六。六年正月七日、為皇太后宮。寛平八年九月廿一日、停后位。延喜十年十二月薨六十九。天慶六年五月、追復后位。

河原左大臣融 嵯峨第十二、源氏

承和五年十一月廿七日、正四位下元服日。六年壬正月乙酉、侍従。八年四月、相模守。九年九月己亥、近江守。十五年二月、右近中将、兼美作守。嘉祥三年正月七日、従三位。五月、右衛門督。仁寿四年八月、兼伊勢守。斉衡三年九月、任参議、右衛門督、伊勢守如元。

なぞへなく

万葉集第十八
ほとゝぎすこよ《今夜》なきわたれ燈を
つくよ《月夜也》になぞへ《なずらへ也》そのかげを見む

六帖哥
いへばえにふかくかなしきふえ竹の
よごゑやたれとゝふ人もなし

宋玉神女賦
素質《モトヨリ》幹之醲実《ナル》　号志解泰《ニシテ》　而體閑《テイミヤビカナリ》

曹子建洛神賦
瓌姿《クワイシ》艶逸《ニシテ》　儀静《ヨソホヒシヅカニ》　體閑《テイミヤビカナリ》

みやび　　みやびか也といふ詞、其心、みやびをかはすなどいふは、
なさけといふ同心事歟。

天福二年正月廿日己未申刻、凌桑門之盲目、連日風雪之中。遂此
書写、為授鍾愛之孫女也。
同廿二日、校了。

解　題

一　書名の由来

伊勢物語は日本の古典である。成立してから千年あまり、これほど永きにわたって多くの読者を持った日本の文学はおそらく他に存在しないであろう。また、後世の文学に対する影響という点についても、古今集とともに、おそらくもっとも甚だしいものがあろう。

このように日本の古典の代表作と称するにふさわしい伊勢物語であるが、成立年代・作者など、明らかでない点があまりにも多い。と言うよりも、「何故に伊勢と呼ばれるのか」という書名の由来も実はさだかではないのである。

『源氏物語』総角《あげまき》の巻や『狭衣物語』巻一の記述によって、この物語が『在五が物語』とか『在五中将の日記』と呼ばれていたことは知られるが、同じ『源氏物語』でも絵合《えあわせ》の巻には「伊勢物語に正三位（物語）をあはせて」とあり、枕冊子にも「あやしう伊勢の物語なるや」とあるのを思えば、『在五が物語』とか『在五中将の日記』という呼称は、この物語が在五中将と呼ばれた在原業平の歌を中核として、あたかもその自記であるかのごとくに構成されているところから生じた、いわば通称であり、本来は、やはり『伊勢物語』と呼ばれていたと考えるべきだと私は思う。『伊勢物語』と呼ばれている作品に、その主人公の自伝としての把握から『在五が物語』という別称を与えることは自然であるが、その反対に『在五が物語』という、いわば即物的《ザッハリッヒ》な名があるのに、『伊勢物語』という別称が生まれ、しかもそれが『伊勢物語』という呼称を圧倒してしまうというのは、どう考えても不自然だからである。ちなみに、現在に伝わっている幾百もの伝写本は、後述するように、幾つかの系統に分かれ、章段数や歌数が異なることすらあるが、そのすべてが『伊勢物語』であって、『在五が物語』などというような書名を持つものは、まったく存在しないのである。

ところで、伊勢物語がこのように伊勢物語と呼ばれるようになったのは何故か。古来、ずいぶん様々《さまざま》な説があるが、その中で一応考慮に入れるべきものとしては、㈠妹背《いもせ》物語、つまり男女物語の謂、あるいは「伊」は女を表わす文字で「勢」は男を表わす文字であるゆえに男女物語のことであるとする説、㈡古今集時代の代表的女流歌人伊勢が物語を管理し増補したから「伊勢が物語」というのだとする説、㈢六九段の伊勢斎宮密通の段が巻頭にあるのがこの物語の本来の形であるゆえに伊勢物語と呼ばれたという説、㈣この六九段が、特に巻頭になくても、物語の中で特に重要秀逸な段であるゆえに物語全体を伊勢物語というようになったとする説……などであろう。

このうち、㈠の男女物語説は、面白くはあるが、隠語的に過ぎ、物語名のような一般的なものの説明には不向きであり、㈡は、一見合理的に見えるものの、その文章表現から見て伊勢物語の作者はやはり男性であろうし、加えて後述するごとく伊勢が活躍した頃の伊勢物語は現在のそれよりもかなり小さく、その編纂には在原氏が深くかかわっていると考えられる点からしても伊勢増補説には疑問が残る。さすれば、結局㈢㈣の伊勢斎宮密通の段（現行本六九段）と関連させる説だけが残るのであるが、㈢の勢語原本がこの伊勢斎宮の段を全体の冒頭に置いていたという説は、甚だしく合理的であり明快ではあるが、必ずしも根拠なく、むしろ伊勢物語の題号の因を明快に説明せんがために設けられた説と考えるべきであるから、結局は㈣を用いるべきではないかというのが私の結論である。この密通によって生まれた業平の子が高階茂範の養子となり高階師尚と名のったことが事実として認められていた（「江家次第」、『尊卑分脈』所収「大江氏系図」）ことなどを考えれば、冒頭になくとも、この段が伊勢物語全体の中で特に重要な役割を荷なっていることは疑いないからである。

二　成立の過程

書名について論じた次には、作者について説くのが、かような解説の常である。しかし、これもまた不明というほかはないのである。

一体、平安時代の物語の作者は不明なものなのである。『源氏物語』の場合でも、もし『紫式部日記』がなかったならば、誰が作ったかわからなかったかも知れない。作品に作者の署名があるわけでもなく、著作権があるわけでもない。言うなれば、作者が不明であるところに、当時の物語の本性があったとも言えるのである。

作者の名が作品に刻せられた形で伝えられることがなかったということは、作者以外の他の人が作品に手を加える余地が大いにあったということでもある。事実、伊勢物語も、一人の作者が作りあげたものでは決してなく、少なくとも三回以上、また少なくとも七〇年以上にわたって、増補されつつ成長増益を続けてきたことが明らかになし得るのである。つまり、現存の伊勢物語の中にも、古い部分、新しい部分、そしてその中間に位置する幾つかの部分があるというわけである。

そのもっとも古い部分が、延喜五年（九〇五）成立と言われる古今集に先行することは疑えない。たとえば、

（古今集）

ひんがしの五条わたりに、人を知り置きてまかり通ひけり。忍びなる所なりければ、門《かど》よりもえ入らで、垣のくづれより通ひけるを、たび重なりけ

（伊勢物語）

昔、男ありけり。ひんがしの五条わたりにいと忍びて行きけり。みそかなる所なれば、門《かど》よりもえ入らで、童べの踏みあけたるついひぢのくづれよ

りれば、主《あるじ》聞きつけて、かの道に夜毎《ごと》に人を臥《ふ》せて護《まも》らすれば、行きけれど、え会はでのみ帰り来て、よみてやりける。

人知れぬわが通ひぢの関守は
よひよひごとにうちもねななむ

業平朝臣

（恋三・六三二）

通ひけり。人しげくもあらねど、たび重なりければ、主《あるじ》聞きつけて、その通ひ路に夜毎《ごと》に人をすゑて護らせければ、行けどもえ会はで帰りけり。さてよめる

人知れぬわが通ひぢの関守は
よひよひごとにうちもねななむ

とよめりければ、いといたう心やみけり。主《あるじ》ゆるしてけり。二条の后に忍びて参りけるを、世の聞えありければ、兄人《せうと》たちの護らせ給ひけるとぞ。

（五段）

について見ると、共通性の顕著なことはおおうべくもない。いずれかがいずれかの材料になったと率直に認めるべきであろう。具体的に言えば、。。。を付した両者の共通部分だけで文脈は十二分にたどり得る。異なる所と言えば、「いと忍びて行きけり。みそかなる所なれば」（伊勢）と意味的に重複し繰り返している部分が「忍びなる所なりければ」と一つにまとめられているほかは、「童べの踏みあけたる」「人しげくもあらねど」など、いわば挿入句的に注釈を加えている部分である。一方が一方を簡単にしたか、

いずれかがいずれかに敷衍的説明を加えたかであろうが、率直に言って、私は前者、つまり古今集が伊勢物語の本文によりつつ、やや簡略にしたと考えたいのである。何故なら、上段の古今集の本文が古今集の詞書一般とあまりにも異なっているからである。第一に長大に過ぎ、第二に説明的に過ぎるが、加えて「ひんがしの五条わたり」という場所の設定が、この歌の鑑賞に何の関係があろうかなどと言い出せば疑問は限りない。また、何としてもその内容が説話的に過ぎる。貴公子が垣の崩れから忍び入ることはともかく、主《あるじ》が聞きつけてその通路に人を臥せて守らせたというような内容は、本来やはりこれが物語であったがゆえの叙述だと考えねばふさわしくない。崩れた垣を修理した方がずっと有効だからである。

（古今集）

武蔵の国と下総の国との中にあるすみだ川のほとりに到りて都のいと恋しうおぼえければ、しばし河のほとりにおりゐて思ひやれば、限りなく遠くも来にけるかなと思ひわびてながめをるに、渡し守《もり》「はや舟に乗れ。日暮れぬ」と言ひければ、舟に乗りて渡らんとするに、皆人ものわびしくて、京に思ふ人なくしもあらず。さる折に、白き鳥の

（伊勢物語）

なほゆきゆきて、武蔵の国と下総の国との中にいと大きなる河あり。それをすみだ河といふ。その河のほとりにむれゐて思ひやれば、限りなく遠くも来にけるかなとわびあへるに、渡し守《もり》、「はや舟に乗れ。日も暮れぬ」と言ふに、乗りて渡らむとするに、皆人ものわびしくて、京に思ふ人なきにしもあらず。さる折しも、白き鳥のはしとあし

はしとあしと赤き、河のほとりに遊びけり。京には見えぬ鳥なりければ、皆人見知らず。渡し守に「これは何鳥ぞ」と問ひければ「これなん都鳥」と言ふを聞きてよめる。

名にしおはばいざ言問はむ都鳥
わが思ふ人はありやなしやと

（羇旅・四一一）

と赤き、鴫の大きさなる、水の上に遊びつつ魚を食ふ。京には見えぬ鳥なれば、皆人見知らず。渡し守に問ひければ、「これなん都鳥」と言ふを聞きて、

名にしおはばいざ言問はむ都鳥
わが思ふ人はありやなしやと

とよめりければ、舟こぞりて泣きにけり。

（九段）

この両者の関係を否定する人はあるまい。渡し守の二つの言葉「はや舟に乗れ。日も暮れぬ」「これなん都鳥」だけについて見ても、それは明らかであろう。そして、詞書が異常に長く、その間、「恋しくおぼえければ」「思ひわびてながめをるに」「ものわびしくて京に思ふ人なくしもあらず」と感情の在り方を示す表現が多いこと。「皆人ものわびしくて」「皆人見知らず」と歌の読み手の感慨だけではなく一行一同の形で記されていること、また話体を詞書の中に含んでいること。そしてまた、始めは鳥の名を隠して「これなん都鳥」と始めてそれを明らかにした渡し守のことばによって望郷の情が遂に爆発するというその構成の妙。これらは通常の古今集詞書とはあまりにも異なっている。普通の詞書であれば、「あづまの

方にまかりける時、隅田川といふ所にて都鳥を見てよめる」とあるだけでよいはずである。それをあえてかような形にしたのは、古今集が当時既に存在していた伊勢物語の本文を甚だしく尊重して、ほとんどそのままに詞書化した所為とすべきであろう。そう考えねば説明がつかないと思うのである。

このように、古今集が当時既に存在していた伊勢物語を資料にしたと確言できるケースは甚だ多いのであるが、その反対、つまり伊勢物語の方が古今集を材料にして物語化したと考えられる例もないわけではない。たとえば、古今集の、

二条の后の春宮の御息所と申しける時に、御屏風に龍田河に紅葉流れたる形《かた》をかけりけるを題にてよめる

業平朝臣

ちはやぶる神代も聞かず龍田河からくれなゐに水くくるとは　（秋下・二九四）

が伊勢物語では、

昔、男、親王たちの逍遥し給ふ所にまうでて龍田河のほとりにて、　（一〇六段）

となっているケース、また古今集では「題しらず」になっている「秋の野に笹わけし朝の袖よりもあはで来し夜ぞひちまさりける」（恋・三）の歌が、伊勢物語二五段では、

昔、男ありけり。あはじとも言はざりける女の、さすがなりけるがもとに言ひやりける。

という本文を伴っている例などは、おそらくそれに加えて然るべきものであろう。だから、古今集にある

業平の歌のすべてが、既に存在していた伊勢物語から採録されたと言っているわけではないが、少なくともその一部、と言うよりも主要肝心な部分が、古今集以前、すなわち十世紀のごく初めより前に、物語的な形を持って存在していたことだけは否定できまいと思うのである。

ところで古今集の業平歌を材料にして物語化した章段が一方では存在することを既に提示したが、実際、古今集成立の延喜五年（九〇五）よりも、はるか後になって加えられた章段が存することも明白なのである。

たとえば、一一段を見よう。

昔、男、あづまへ行きけるに、友だちどもに、道より言ひおこせける。

忘るなよほどは雲居になりぬとも空ゆく月のめぐりあふまで

この歌は『拾遺抄』（雑）『拾遺集』（雑上）に存する橘忠基の作である。これを用いたわけであるから、この段は、『拾遺抄』や『拾遺集』の成立した西暦一〇〇〇年頃を下ってからの付加とまでは言わなくとも、少なくとも橘忠基が活躍した天暦の頃（九五〇年代）よりも後に伊勢物語に加えられたものとしなければなるまい。

かように見てくるならば、伊勢物語の原型は西暦九〇〇年頃に既に存したが、現在のような形になるまでには、最低五〇年を要したということになるが、実は、この間にも何回かの増補がなされていたことが、群書類従本系統の業平集（かの西本願寺本三十六人集の業平集もこの系統であった）、そしてすぐその後にできたらしい前田家本在中将集・宮内庁書陵部の雅平本業平集によってわかるのである。これらは、古今集・後撰集・伊勢物語から業平関係の歌を選び出したものであるから、逆に、これらができる時に資料に用いられた伊勢物語の形態を推定する貴重な材料になるというわけなのである。

なお、本書では、古今集・後撰集にも存する歌を明示したほか、在中将集と雅平本業平集に存する歌をも頭注に掲示した。読者はこれによって、㈠古今集以前の原型伊勢物語から存在していた章段、㈡後撰集（九五六年）以後しばらくの間にできた在中将集・雅平本業平集の頃の伊勢物語の段階で増補せられた章段、さらにそれ以後、源氏物語ができる頃までに増補せられた章段というように、三段階に分けて伊勢物語の成長過程をとらえることができるというわけである。

三　構造、そして作者

群書類従本系統業平集・前田家本在中将集・雅平本業平集を比較すると小異がある。したがって、これらの撰集資料になった伊勢物語も小異があった。換言すれば、伊勢物語の成立も右のような三段階説ではなく、不断の成長増益という形でとらえるべきだという考え方も成り立つが、便宜的には、右の三段階に分けて考えることがやはり至当である。と言うのは、その三段階に分けることによって、それぞれの成立段階における伊勢物語の特性が非常に明確に把握し得るからである。

まず、古今集成立以前に形をなしていた第一次伊勢物語は、在原業平の歌によって物語が構成されているのが、その最大の特徴である。しかし、それにもかかわらず、物語文に業平の名を出すことはまったくない。すべて「昔」の「男」の話として語られる。「ならの京は離れ、この京は人の家まだ定まらざりける時」(二段)、つまり、実在の業平が活躍した時代よりも五〇年以上も前の(「年表」参照)平安遷都(七九四年)から遠からざる頃の「昔物語」という形をとっているのである。業平の歌を用いながら業平の事蹟にあらずとするところに第一次伊勢の特質があると私は考えるのである。

ところが、第二次伊勢になるべく付加せられた二十数章段(古今集にはないが、前述の三系統の業平集にある歌を持つ段)になると、少し変わってくる。これらは、在中将集が採歌している四三段の「ほととぎすなが鳴く里の」という古今集よみ人しらず歌一首を例外として除けば、業平の歌であるとも否とも断じかねる歌ばかりである。たとえば、初段の「春日野の若紫」の歌は、本文にも記されているように、左大臣源融の「みちのくのしのぶもぢずり」という歌を本歌にしたものである。「年表」にも示したように、業平と融は三歳しか年齢の差がなく、業平元服の際に、融のこの歌が本歌取りされるほどに有名であったとは思えない。業平の作でないと断言することはできぬが、少なくとも業平元服時の作ではなく、したがって初段全体が、フィクションとして後に作られたものであることは疑いないと思われるのである。

ところで、この第二次伊勢に付加すべく作られた二十数段でも、第一次伊勢の場合と同じく業平の名を表面に出さない。

昔、紀有常といふ人ありけり。（一六段）
昔、西院の帝と申す帝おはしましけり。（三九段）
昔、賀陽の親王と申す皇子おはしましけり。（四三段）
昔、田村の帝と申すみかどおはしましけり。その時の女御多賀幾子と申す、みまそがりけり。（七七段）
昔、多賀幾子と申す女御おはしましけり。（七八段）
昔、氏の中に親王うまれ給へりけり。（七九段）
昔、左のおほいまうちぎみいまそがりけり。（八一段）
昔、左兵衛督なりける在原行平といふありけり。（一〇一段）

などのごとく、「昔、男」以外の他の人物の紹介から書き出される章段が多く、しかも冒頭に紹介されたこれらの人物だけではなく、「たかい子」「源至」（三九段）「藤原常行」（七七・七八段）「藤原良近」（一〇一段）などの実在人物を提示しつつ、物語の主人公の方は「ねんごろに相語らひける友だち」（一六段）「その宮の隣なりける男」（三九段）「人」（四三段）「右馬頭なりける翁」（七七段）「右馬頭なりける人」（七八段）「御祖父方なりける翁」（七九段）「かたゐ翁」（八一段）「あるじのはらから」（一〇一段）というように、むしろ副次的人物の形で登場させることによって、物語の時代背景を（現実の業平の時代に）確定し、しかし、実在の業平としてではなく物語の業平としてのリアリティを増強しようという書き方に変わっているのである。つまり、第一次伊勢よりも時代が降っての作であり、業平の歌によっておのずからに生ずるリアリティがないゆえに、時代設定に心を用いなければならなくなったのである。

ところで、先に掲げたように、八一段で、主人公を「かたゐ翁（乞食翁）」と呼んでいるのは何故か。そう言えば、「かたゐ（乞食）」とまでは言わなくとも「翁」と呼んでいる段が右に掲げた章段に多い（七七段・七九段）。能楽の『翁』によってもわかるように、翁の体をとってみずからを卑しめ、相手方の栄華・長寿を寿ぐ。八一段において左大臣源融の河原院の「おもしろきをほむる歌」を「翁」がよむのも、七九段で貞数親王の誕生を祝って「翁」が歌をよむのも、そのゆえである。また「翁」という語を使っていなくても、一〇一段において「もとより歌のことは知ら」ない主人公が「咲く花の下にかくるる人をおほみありしにまさる藤の蔭かも」と太政大臣良房と一族の藤原良近の栄華を寿ぐのが、この第二次伊勢物語として付加せられた章段であるのも決して偶然ではあるまい。第二次伊勢物語には、このように、主人公が「翁」の体をとって（あるいはとらなくても）わが身を卑しめた形で、権門貴紳を寿ぐ形の章段が多いのである。

ところで、この「翁」は、右のような寿ぎの場以外にも出てくることがある。四〇段がそれである。昔、若い男が恋死するまでに女を愛したという物語の後で、「昔の若人は、さるすける物思ひをなむしける。今の翁、まさにしなむや」と記されているのである。

「今の翁」が「今の若人」はだらしがないと言ったりするのは現在でもよくある老人通有の言い草であるが、右の場合はそれと異なって、「今の翁」のだらしなさを批難しているのである。「今の翁」に恋死などできようかと言っているのである。「今」であろうと「昔」であろうと、老人は本来的に熱烈な恋とは縁遠いもので、そのような情熱がなくても特に断わる必要もない。それでは何故わざわざ断わったのか。その答えは、ただ一つ、「今の翁」がすなわち「昔の若人」と同一人であると考える以外にはないと思う。「若人」すなわち「翁」という共通性があるからこそ、一見成り立ち得べくもない比較が成り立ったのだと思う。別の言い方をすれば、「今の翁」がみずからの「若人」たりし時の振舞を回想しつつ老を嘆くという形でこの物語が作られていたからこそ、このような表現がなされ得たのだと思う。その意味において、伊勢物語の本質を、若年の成年式に臨んでみずからの経験を語り聞かせる翁の回想述懐の態度と成年成女を前にしての翁の対立意識の融合としてとらえようとされた折口信夫博士のすぐれた直観（『古代研究・民俗学篇』その他）に深い敬意を表わさざるを得ないのである。

かように考えるならば、我々は、ここに少なくとも二つの新しい把握をなし得る。その一つは、この第二次伊勢の作者に関することであり、他の一つはこの第二次伊勢の本質に関することである。

第二次伊勢にしばしば登場する「翁」は、第一次伊勢において記されていた若い日のみずからの姿……すなわち、時には恋してはならぬ人までも、その恋の烈しさのゆえに恋してしまうが（四・五・六九段）、それは人間世界の世俗的な秩序の中から逸脱した行動というほかはなかったから、始めから挫折する恋であったというわけである。そして、そのゆえに、京洛の人から見れば、まさに「地のはて」とも言うべき東国への流浪が始まるというわけである（九段）。このような若き日の苦しい恋の記録、あるいは惟喬親王を囲んでの風雅の集《つど》い（八二・八三段）に代表される反俗的な「みやび」の世界も、親王の出家によって今は空しく過去の思い出となってしまった。これらの事件を中核において、今は、文字通り挫折した主人公は、「翁」さらには「かたい翁」とみずから称して、権門貴族を寿ぐような姿勢から昔語りをするというわけである。みずからを「おとろへたる家」（八〇段）と規定する裏には、「世かはり時うつり」ても、なお「昔よかりし時」（一六段）をなつかしむ懐古の念が物語全体を支えて存在していることを知らなければならぬ。第一次伊勢を中核に据えて第二次伊勢をまとめあげた作者は、かように考えてくれば、業平身辺の後人、おそらくは在原氏の一族に属する誰かであったとすべきであろうし、伊勢物語の本質は、過ぎ去った愛の世界・みやびの世界への、懐古と憧憬にあると思われてくるのである。

四　増益と享受

後述する鎌倉時代の勢語注釈書に共通した説に、「業平不東下説」すなわち業平の東下りは事実としてはなかったとするものがある。今、その代表として、当時、もっとも普及していた冷泉家流伊勢物語注の場合で言えば、業平が東下りをしたと記されているのは、物語としての記述、いわば仮の姿において表わしたものであって、実際は二条后との密通が露見したので、東山に蟄居していたのだというのである。

ところで、鎌倉時代の古注釈の実態を紹介しようとして、かようなことを書き出したのではないのである。東山に蟄居したのが「実相」であって、それを東へ下った、武蔵・陸奥へ下ったとするのは、いわば物語独自の「仮相」の表現であるという鎌倉時代古注の物語の把握が、鎌倉時代のみならず、平安時代の伊勢物語の享受、乃至は増益にまで及んでいることを以下に明らかにするために書き出したというわけである。

早速ながら、大鏡の陽成天皇紀には次のような文章が見られる。

この后宮（二条后高子）の宮づかへしそめ給ひけむやうこそおぼつかなけれ。まだよごもりておはしける時、在中将しのびてゐてかくしたてまつりたりけるを、御兄《せうと》の君達、基経の大臣・国経の大納言などの、若くおはしけん程の事なりけむかし。取り返しにおはしたりける折、「つまもこもれり我もこもれり」とよみたまひたるは、この御事なれば、するの世に「神代の事も」とは申しいでたまひけるぞかし。（中略）いかなる人かは、この頃、古今・伊勢語などおぼえさせたまはぬはあらんずる。「見もせぬ人の恋しきは」など申すことも、この御なからひの程とこそは承れ。（後略）

この文章は、二条后に対する業平の行動を伊勢物語によって語っているのであるが、「御兄《せうと》の君達、基経の大臣・国経の大納言などの、若くおはしけん程」に二条后を業平から取り返したとあるのは、言うまでもなく、勢語六段の、

昔、男ありけり。女のえ得まじかりけるを、年を経て、よばひわたりけるを、からうじて盗みいでて、いと暗きに来けり。芥川といふ河を率て行きければ、（中略）これは、二条の后の、いとこの女御の御もとに、仕うまつるやうにてゐ給へりけるを、かたちのいとめでたくおはしければ、盗みて負ひていでたりけるを、御せうと堀河の大臣・太郎国経の大納言、まだ下臈にて、内へ参り給ふに、いみじう泣く人あるを聞きつけて、とどめて取り返し給うてけり。それをかく鬼とはいふなりけり。まだ、いと若うて、后のただにおはしける時とや。

とあるのに依拠しているのだが、大鏡では、その後に「取り返しにおはしたりける折、『つまもこもれり我もこもれり』」とよんだのもこの同じ時のことだとしていることである。こちらの方は、一二段の、

昔、男ありけり。人の娘を盗みて、武蔵野へ率て行くほどに、盗人なりければ、国の守にからめられ

にけり。女をば、草むらの中に置きて逃げにけり。道来る人、「この野は盗人あなり」とて、火つけむとす。女わびて、

武蔵野は今日はな焼きそ若草のつまもこもれり我もこもれり

とよみけるを聞きて、女をばとりてともに率ていにけり。

とあるのによったことは疑いない。されば、大鏡の作者は「摂津国芥川」も『武蔵国武蔵野』も実は同じことだとしていたことになる。換言すれば、業平が二条后を連れ出して逃げたが、基経・国経に取り返されたということだけが「実相」であり、それを物語として表現する時は、芥川であれ、武蔵野であれ、どうでもよい。いずれも「仮相」として表わされているのであって歴史物語の対象にはならぬというのが大鏡のとらえ方なのである。

歴史的事実としての「実相」を、物語では「仮相」の形で表現するというこのような方法は、大鏡作者だけの新見解・新解釈ではない。ほかならぬ勢語六段自体がこのような書き方になっていると私は思う。すなわち、闇にまぎれて苦労して連れ出した女を「鬼一口」に喰われてしまったと記し、それを愁嘆する男の歌を中心として一段を構成しながら、すぐそれに続けて、実は鬼に喰われたのではない。二人の兄が参内の途中で妹を見つけ取り返したのが「実相」なのだが、物語としては、それを右のような、「仮相」の形で表わしたのだと断わっているのである。こうなれば、「芥川」も仮相の地名である。京に住む基

経・国経の兄弟が「摂津国芥川」を経由して参内するはずがないからである。

もっとも、六段の末尾「これは、二条の后の……」以下は後人の注が本文化したものであって、平安時代の伊勢物語享受の実態を示しはしても、創作にまでかかわることはないという考え方もあり得る。このあたりに述べていることはすべて私の新見だから、そこまで認めていただけただけでも嬉しいが、私はこの点をもっと拡大して、第三次伊勢物語の形態をとるべく増補された章段、つまり現在の伊勢物語の半数以上の章段が、このような立場から、このような方法によって作られ、付加せられたと考えるのである。

たとえば、六五段を見よう。第一次伊勢物語に属する四段・五段・九段で語られている事件を、異なった角度から、異なった「仮相」において語っていると言い切ってよいのではないか。また九六段も四段・五段を別の「仮相」によって表わしているのではないか。

つまり「実相」は一つしかないはずであるが、「仮相」は種々様々の形をとって表わすことができるというわけである。

そう思って見れば、かような例はほかにも多い。前述した六段と一二段のほかにも、六九段と七〇〜七二・七四・七五段の関係、八三段と八五段の関係など、いずれも一つの「実相」を二つ以上の「仮相」に表わした例に加えられようが、ここでは視点を変えて二三段の場合について考えて見よう。

「昔、田舎わたらひしける人の子ども、井のもとに出でて遊びけるを」で始まるこの有名な段の冒頭の

「田舎わたらひ」なる語は、この考察の一つの鍵《キイ》になる。「田舎わたらひ」は、本来「田舎向きの行商」の意であろうが、王孫たる業平を「田舎向きの行商の子供」とするのはおかしい、『地方官の子供』とすべきで、これは特に業平よりも相手の女子のことを言っているのである」、などと苦しい説明を試みたり、あるいはまた、伊勢物語は業平の話だけを集めたのではなく種々の「男」の話を集めたのだから、実際に「田舎向きの行商の子」の話として読めばよい、などと言ったりする。しかし、前掲の大鏡の場合を始めとして、平安朝時代から中世に至るまで、伊勢物語は業平の事蹟としてのみ享受されてきたのである。それを考えれば、この場合も、王孫貴族たる業平の「実相」を、「田舎わたらひ」の子供という「仮相」において表わしたものとすべきではないかと、私は思うのである。

　かように見てきただけでも、第三次伊勢となるべく付加せられた章段が、第一次・第二次のそれとかなり異なっていることに気づくであろう。第一次・第二次の勢語においては、韜晦した姿勢をとることはあっても、やはり当事者的表現になっていたが、第三次のそれになると、享受者の立場と同じ次元において創作活動に参画しているというわけである。そして、かような姿勢は、主人公業平のとらえ方においても、まことに顕著にあらわれているのである。

　第一次伊勢で描かれている主人公は、一途な恋、ひたむきな愛に生きる、まことに純粋な男であった。恋しようとして恋したわけではなく、まったく「本意にはあらでこころざし」（四段）の深くなってしまった女《ひと》を求めて一夜泣き明かす男であった。しかし、相手の女《ひと》は、今やこの上なく高貴な身となって、もはや近づくよしもない。男は「身をえうなきものに思ひなして」（九段）東国に流浪するが、見るもの聞くものにつけて、京のこと、特にかの女のことを想い起こすのである。このあたりは、言うまでもなく二条后と業平との恋愛を頭において物語化したのであろうが、二条后は古今集撰進の命が下った延喜五年（九〇五）より五年も後の延喜十年三月二四日まで生存していたのであるから（「年表」参照）、第一次伊勢においては、その実名を持ち出せようはずがない。必然的に、物語は「昔、男」と主人公の名を隠し、「奈良の京は離れ、この京は人の家まだ定まらざりける」（二段）平安遷都の頃、すなわち業平が活躍した頃よりも五〇年も前に「仮相」の時代を設定して、話を進めるという書き方にならざるを得なかったのである（同じく第一次伊勢に属する五段にある「二条の后に忍びて参りけるを……」という後書が後人の付加せるものであることは、このことによっても明らかであろう）。かような物語化の方法は、第一次伊勢におけるもう一つの大恋愛、伊勢斎宮との事件においても変わりがない。実名を用いぬ書き方も同じなら、主人公が熱烈に思いながら、その愛は挫折してしまうという書き方も同じである。第一次伊勢の恋愛は、結局、主人公の熱情と愛の挫折から生じた悲嘆という形で描かれている。まことに純粋な男の、純粋な愛の物語なのである。

第二次伊勢物語も、前述のように在原氏の翁が語るという物語的姿勢が強く打ち出されているほかは、おおむね第一次伊勢の忠実な延展がはかられている。初段の「いちはやきみやび」もそうであるし、一六段の友人とその妻に対するやさしいはからいも、恋愛ではないが、まさしく人間的愛情の発露である。これに対して、今、問題にしている第三次伊勢の場合は、主人公は「色好みの英雄業平」に変貌してしまう。文章の中に「殿上にさぶらひける在原なりける男」（六五段）「在五中将」（六三段）と明記され、始めから、女性よりも遥か上に位置するすばらしい男という書き方である。「世の中の例として、思ふをば思ひ、思はぬをば思はぬものを、この人は、思ふをも、思はぬをも、けぢめ見せぬ心なむありける」という人物設定であるから「百年《ももとせ》に一年《ひととせ》たらぬつくも髪」の老女のもとへもおもむき（六三段）、陸奥の「歌さへぞひなびた」女の所へも「さすがにあはれ」と思って「行きて寝る」（一四段）という書き方である。さらにまた、自分が「年ごろおとづれざりける」ゆえに去っていった女と再会して、「いにしへのにほひはいづら桜花こけるからにもなりにけるかな」とよみ、さらに「これやこの我にあふ身をのがれつつ年月ふれどまさりがほなき」（六二段）と追い討ちをかけるのである。「さすがにあはれ」と思って「行きて寝」ても、それは恩寵をかけ給うの類《たぐい》であり、さればこそ「夜深く出で」たのであり、別れにあたっても「栗原のあねはの松の人ならば」と、通り一遍の挨拶か愚弄の言葉としか思えぬ歌をよむのである。また、自分の通うこと少ないゆえに離れていった女に、「こけるから」「年月ふれどまさりがほなき」とは、あまりにも残酷な言葉である。これは、主人公をすばらしい男性とする後代の享受者的発想が創作の前提になっていることを示している。つまり、固有名詞としての「業平」が、美男子の代表・色好みの英雄としての普通名詞的な「業平」に変わってゆく姿を、第三次伊勢物語になるべく加えられた章段は、すでにはっきりと示しているのである。

五　伝本と底本

伊勢物語は一人の作者が作ったものではない、かなりの年月にわたって、かなりの数の人が加わって次第にでき上がっていったのだということを明らかにしてきたのであるが、現在伝わっている伝本で、この第一次伊勢・第二次伊勢の形態を伝えるものは、まったくない。前述のように第一次伊勢は九世紀末に、第二次・第三次の伊勢にしても十世紀末にはすでにでき上がって、今に近い形の伊勢物語になっていたことがうかがわれるのに対して、現在伝わっている写本でもっとも古いものは鎌倉時代初期十三世紀に入ってからのものであるから、当然と言えば当然、まことに仕方のないことなのである。

しかしながら、いわゆる第三次伊勢の成立後も、伊勢物語の本文はきわめて流動的であり、かなりの出入りがあったということ、換言すれば、本文の伝流が享受や研究と結びついてなされていたということは否定し得べくもない。

たとえば、定家本一一四段（本書一〇一ページ）の場合を見よう。この段は業平没後六年の光孝天皇芹川行幸を物語化したものであるから（「年表」参照）伊勢物語を業平の伝と考える平安時代から中世にかけての人々にとっては不審の章段であった。現に定家も勘物に「或本不可有之云々。多本皆載之。不可止」（或本は、この段は本来有るべき段ではないと言う。しかし、多くの伝本は皆、この段をも載せている。やはり省略してしまうべきではなかろう）と注記しているのである。現に広本系では本文部にはなく巻末の増補部分に付加されているのに対して、略本系では定家本八二段の惟喬親王交野の狩りの段の前に同じく狩りの話であるゆえにまとめ、しかも「仁和の帝」（光孝天皇）という本文を「深草の帝」（仁明天皇）と改竄してしまっているのである。いずれにしても、享受・鑑賞の態度がそのまま本文省略や配列にまで及んだ例とすべきであろう。

順序が逆になったが、このあたりで、現存する伊勢物語の伝本を概観しておこう。

前にも触れたように、平安時代末期には、現存諸本のように「昔、男、初冠《うひかうぶり》して」で始まる「初冠本《うひかうぶりぼん》系《けい》」のほかに、男が伊勢へ狩りの使いに行って斎宮と通ずるという段（定家本六九段）を冒頭におく「狩《かり》の使本系《つかいぼんけい》」と呼ばれる系統の本が存したという伝え、そして和泉式部の娘小式部内侍が書写した本がこの系統であったという伝えもあったが、現在に残る種々の資料をフルに活用して推定した私の結論を言えば（詳細は『伊勢物語の研究（研究篇）』参照）、平安末期にかような本が存在したことは確かであるが、それが伊勢物語の原初形態を伝えているとはとても思えない。前述したように、後人が伊勢物語という書名の由来を合理的に説明するために作りあげたと考えるべきだと思うのである。

それはともかく、現在伝わっている伊勢物語の写本はすべて初冠本系である。今、それを系統に分けて見ると、

(A) 普通本系統（一二五段前後の章段を持つ）
(1) 定家本（藤原定家が書写した本の系統）
(2) 別　本（右以外のもの）
(3) 真名本《まな》（真名で書かれたもの、別本に入れてもよい）

(B) 広本系統（増補した結果、普通本より段数が多くなったもの）
(1) 大島本
(2) 阿波国文庫旧蔵本・神宮文庫本・谷森本
(3) 泉州本

(C) 略本系統（普通本より章段の少ないもの）
○ 塗籠本（伝民部卿局筆本とその系統）

のようになる。伊勢物語は、平安時代以来、和歌を学ぶ人の必読の書として扱われてきたし、また量的にも手ごろであったので数多く書写され、日本の古典の中でもっとも伝写本が多い。しかし、その九九％以

上が定家書写本の系統なのである。けだし、中世における異常なまでの定家崇拝の所為と言うべきであろう。

藤原定家は、われわれが知っているだけでも、建仁二年六月、承久三年六月、貞応二年十月、嘉禄三年八月、寛喜三年八月、天福二年正月の計六回、それに書写年号を記さぬ武田本・流布本などの無年号本を加えれば、まことに数多くの伊勢物語を書写校訂しているのであるが、現存する本の大半は天福本・武田本・流布本の三種であって、他は伝存せぬか、また伝存しても極度に稀というのが実状である。

ところで、天福本・武田本・流布本のうち、室町時代から江戸時代にかけては、かの細川幽斎が「世間流布の本」（『闕疑抄』）と称した流布本が写本・版本の大半を占めていたのであるが、近年、定家自筆の天福本を三条西実隆が臨写した本（学習院大学現蔵）が紹介されて定家自筆本の姿が復原できるようになってからは活字本の大半が天福本を用いるようになった。もっとも、天福本よりも武田本（若狭の武田家にあったためにかく呼ばれた）を善しとする学者もいるが、意味の通りやすいものが必ずしもよいとは限らぬ。たとえば、天福本の「あれはの松」（一四段）「だいじき」（八一段）「おきのゐてみやこじま」（一一五段）などは、武田本の「あねはの松」「いたじき」「おきのゐみやこじま」の方がおそらくは正しいであろうが、それをあえて疑問の多い本文のままにしているところに意味があると思うのである。何らかの必要あって一般の人のために本を書写する場合は別として、みずから証本とすべき本の書写については、疑問があっても本文を改めることをしない定家の本文校訂の態度がよく表われていると私は思うのである（念のために言えば、上述のような本文を持つ定家本は天福本のほかにもある。定家の所持本がおそらくそうなっていたので天福本の誤写ではない）。したがって、意の通じぬところがあっても定家本の一つとしての天福本を軽視無視すべきではない。本書で、この学習院大学本と、同じく実隆書写の天福本の新資料である今治市河野記念館本によって、定家自筆天福本の本文を復原した所以である。

他の系統の本についても簡単に触れておこう。

池田亀鑑博士は、定家本にあらざる普通本を「古本」と命名されたが（『伊勢物語に就きての研究』）、その中には承久三年本や無年号の定家本をも含んでいた。今、それらから、明らかに定家本であると思われるものを除き、鉄心斎文庫所蔵の通具本（築地書館刊の複製本あり）や武者小路本（『伊勢物語に就きての研究（補遺篇）』に翻刻あり）などの新出本を加え、これを別本と呼んだ。種々の文献資料を徴するに、平安末期から鎌倉時代にかけて流布していた伊勢物語の大半はこの別本であり、定家本自体もこの別本の中から生まれ出たと考えられるのである。

次に、広本系統というのは、普通本より段数の多い本のことである。しかし、巻末に幾つかの章段を増補したからそうなったのであって、たとえば阿波国文庫旧蔵本や谷森本の場合（『伊勢物語に就きての研究（補遺篇）』所収）、本来的な章段は百二十段で、定家本などの普通本より五段も少ない。しかしその後に普通本にない九章段を含めて十四章段が付加せられ、合計すれば百三十四段となる。そして、そこに付加せられている章段は、おおむね定着力の弱い、あるいは新しい段階ででき上がった章段であって、いわば第三次伊勢以後に付け加えられたと見てよいものが多いようである。

最後に略本系統である。これを一般には塗籠本系統と呼んでいるが、正しくない。末尾に「此本は高二位本。朱雀院のぬりごめにをさまれりとぞ」とあるゆえにかく呼ぶのであるが、同趣の奥書は広本系にもあるからである。従来は、伝民部卿局筆本を江戸時代に謄写した本を用いていたが（『国文学秘籍叢刊』の一冊として複製本あり）、昭和二九年に、その原本たる伝民部卿局筆本が発見された。酒田市の本間美術館本がそれである（『伊勢物語に就きての研究（補遺篇）』に翻刻があり、朝日新聞社の日本古典全書もこの本を底本にしている）。章段数は百十五段。普通本よりも十段も少ないが、これをもって原初形態に近いとは言えぬ。前にも触れたように、一一四段（芹川御狩の段）を八二段の交野御狩の段の前にまとめ、しかも「仁和の帝」を業平没後のことになるゆえに「深草の帝」と改めているのを始め、六段（鬼一口の段）の後に同じく女を盗んだ「せが井の水の段」（定家本にはないが、真名本では二九段の後にある）を付加したり、東下りの八段と九段が同じような書き出しであるところから一章段にまとめられていること、その東下りの中で古来問題になっている富士山の喩え「なりはしほじりのやうになむありける」を「上《うへ》は広く下《しも》は挾《せば》くて大傘のやうになむありける」とわかりやすくしていること、あるいは五九段の悶絶蘇生の段を終焉の段(一二五段)と一つにまとめていることなど、さかしらな改竄が目立つからである。しかし、だからと言って、この本が定家本などよりも古い点をまったく残していないとも断言できぬ。結論的に言えば、現在に伝わっている伊勢物語の伝本はすべてこの程度のものなのである。天福本を始めとする定家本の場合もその点は同じである。本文を尊重することは勿論大切であるが、その本文を読み解く能力をみがくことの方が、現在においてはむしろ必要であると私は思うのである。

六　研究史と参考文献

日本の古典作品の中でもっとも数多くの伝本を持つのが伊勢物語であると言ったが、それほど数多くの読者を持った伊勢物語の研究史が長く充実したものになることは当然である。

平安時代の勢語注釈は、『奥義抄』などの歌学書などにわずかに伝えられている程度であるが、鎌倉時代の古注に、その注釈方法・物語の把握の態度などが伝承されていることは既に述べた(一三〇ページ)。そして、その代表的なものとしては、『冷泉家流伊勢物語抄』と『和歌知顕集』がある(いずれも拙著『伊勢物語の研究(資料篇)』に翻刻した)。

これらに代表される鎌倉時代の勢語注釈書の特性は、物語の登場人物のすべてに実在人物の名をあて、物語中の事件には現実の年号年月日をあてることがもっとも著しい。先に述べた「実相」を「仮相」の形で表わすというこの物語の書き方に忠実なわけであって、実相では×年×月×日に誰々がした事蹟を、物語では「昔」とおぼめかし、「男」とおぼめかす仮相の形で表わしているのだと注釈するわけである。

このような鎌倉時代の古注は、前述のように平安時代の勢語享受を継承するものとして甚だ興味深く、また実際に、鎌倉時代から室町時代中期にかけて絶大な影響力を持ち、たとえば、伊勢物語を本説とする謡曲などはすべてその影響の上に成り立っているほどであるが、しかし一面、甚だしく荒唐無稽、牽強付会の態度に終始していることも確かである。

室町時代の注釈は、鎌倉時代の注釈が古注と呼ばれているのに対して、旧注と称して区別されるが、その特性は、一条兼良の『伊勢物語愚見抄』の序文にもっとも顕著に見られるごとく『冷泉家流伊勢物語抄』や『和歌知顕集』の荒唐無稽さを鋭く攻撃否定するところにあった。続いて出た宗祇説をまとめた肖柏の『伊勢物語肖聞抄』と宗長の『伊勢物語宗長聞書』（『愚見抄』以下の三書は、いずれも『伊勢物語の研究（資料篇）』所収）になると、さらに具体的に古注を批判している。宗祇の説は、その後、三条西実隆の『伊勢物語直解』（『未刊国文古註釈大系』所収）、清原宣賢の『伊勢物語惟清抄』（『続群書類従』所収）などに伝えられ、細川幽斎の『伊勢物語闕疑抄』（『伊勢物語の研究（資料篇）』所収）となって大成されるのであるが、これら室町時代の注釈書は、鎌倉時代の古注の荒唐無稽さから脱脚して鑑賞的態度を強く打ち出しているものの、勢語を業平の実伝と見ることにおいては変わりなく、そのためにかえってちぐはぐなことになる場合も多かった。

　かような傾向は、江戸時代に入っても、室町旧注の継承である北村季吟の『伊勢物語拾穂抄』（『国文学註釈叢書』所収）は勿論、歴史的事実の考証に画期的成果をあげた契沖の『勢語臆断』においてすら払拭し切っていなかったが、荷田春満の『伊勢物語童子問』（『荷田全集』所収）は、この傾向を打ち破って、伊勢物語を作り物語としてとらえた最初のものであり、その方針は、賀茂真淵の『伊勢物語古意』（『賀茂真淵全集』所収）にそのまま継承された。なお、その後も伊勢物語の注釈書は多かったが、藤井高尚の『伊勢物語新釈』（『国文学註釈叢書』その他）が柔軟な解釈を示して注目される程度であり、明治以後も鎌田正憲の『考証伊勢物語詳解』（大正八年刊、昭和四一年再刊）が諸注大成として便利であるほか、特筆すべきものはない。

　思うに、近代になっての伊勢物語研究の中心は、池田亀鑑・大津有一両博士の『伊勢物語に就きての研究』全三冊に代表される伝来本文資料の客観化にあった。過去何百年もの、注釈を中心とした伊勢物語の研究は、いわば、みずからの主観、みずからの内なる合理性によって本文を改変し続けてきたのであるから、まず、みずからを押し殺して、伝えられた本文資料を完全に復原するという姿勢は、研究史上画期的なことではあった。しかし、従来の本文研究が、常に注釈・鑑賞と結合していたのに対して、近年のそれは注釈や鑑賞と断絶した所で生まれ育ったために、本文研究自体も「低部本文批判」という呼称がまことによくあてはまるものになってしまったし、注釈研究の方もせっかくの本文研究の成果を取り入れることなく不毛の状態を続けなければならなかったのである。前述のように、中世の注釈研究には問題が多いが、しかし当時の伊勢物語観、あるいは平安時代以来の伊勢物語の享受法に、それは裏打ちされていた。現代の注釈研究には、いわゆる客観性を求めるあまり、その点が欠けているのではないか、と思うのである。

最後に、伊勢物語についてさらに深く知りたい人のために、最少限必要と思われる参考文献をあげ、簡単な解説を加えておく。

『伊勢物語に就きての研究』（池田亀鑑・大津有一著）有精堂刊

昭和八年と九年に大岡山書店より（校本篇）（研究篇）が上梓されたが、昭和三六年に（補遺・索引・図録篇）が加わって全三冊となった。昭和の伊勢物語研究の金字塔である。校本篇は学習院大学現蔵の定家筆天福本の臨写本を底本に四十四本の校異を示し、研究篇はその伝本考を中心に成立論に及んでいる。新しく出た補遺・索引・図録篇では、定家本系の新出重要本の校異を加えたほか、新たに阿波国文庫旧蔵本を底本にした広本系の校本、さらには略本系の伝民部卿局筆本、別本系の武者小路本の翻刻を収めた（福井貞助氏の担当）。またそれら新出諸本の 解題と最近の研究の解説はまことに要を得ており（大津有一氏担当）、異本系本文をも検索し得る単語総索引（伴久美氏担当）と併せて、甚だ便利なものとなっている。

『伊勢物語古註釈の研究』（大津有一著）石川国文学会刊

昭和二九年の刊。伊勢物語研究の歴史の古さについては既に述べたが、その間の注釈書・研究書についての徹底的な調査報告である。「金沢大学国語国文」第三号に載せられた『続伊勢物語古註釈の研究』と併せて、末永く伊勢物語研究史の研究の水先案内をつとめてくれるだろう。なお、江戸時代の注釈書を主として対象とした田中宗作『伊勢物語研究史の研究』（昭和四〇年桜楓社刊）も併せて貴重である。

『伊勢物語の研究』『伊勢物語の新研究』（片桐洋一著）明治書院刊

『研究』の研究篇は昭和四三年、資料篇は翌四四年、『新研究』は六二年の刊。研究篇では、伊勢物語がどのようにしてでき上がったのか、またどのようにして読まれ、どのようにして伝わったのかを論じた。資料篇は研究篇で立論に用いた資料の公開。中世の主な古注釈のほとんどを翻刻したから伊勢物語古注釈大成としても有効である。なお、ほかに成立を論じたものとしては福井貞助『伊勢物語生成論』（昭和四〇年有精堂刊）があり、『伊勢物語の研究（研究篇）』と立場や立論過程は異なるが、結論的にはおおむね近く、共に近年における成立過程研究の到達点を示していると言ってよかろう。

〔関係系図一〕

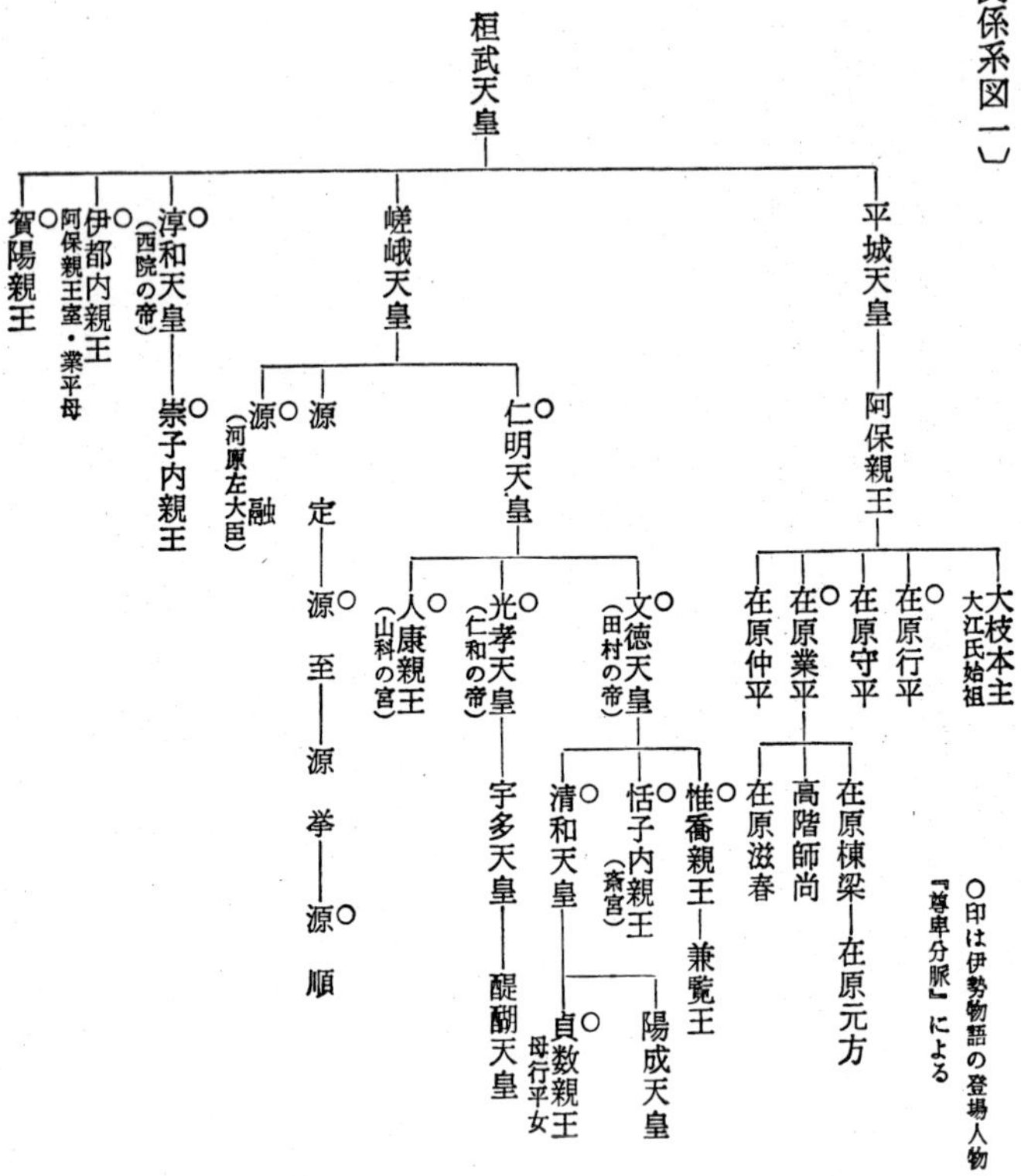
桓武天皇
平城天皇
阿保親王
大枝本主
大江氏始祖
○在原行平
在原守平
○在原業平
在原仲平
在原棟梁
在原元方
高階師尚
在原滋春
○嵯峨天皇
○仁明天皇
○文徳天皇
(田村の帝)
○惟喬親王
兼覧王
○恬子内親王
(斎宮)
○清和天皇
○貞数親王
母行平女
陽成天皇
○光孝天皇
(仁和の帝)
宇多天皇
醍醐天皇
○人康親王
(山科の宮)
源定
○源至
源挙
○源順
○源融
(河原左大臣)
○淳和天皇
(西院の帝)
○崇子内親王
○伊都内親王
阿保親王室・業平母
○賀陽親王
○印は伊勢物語の登場人物
『尊卑分脈』による

〔関係系図二〕

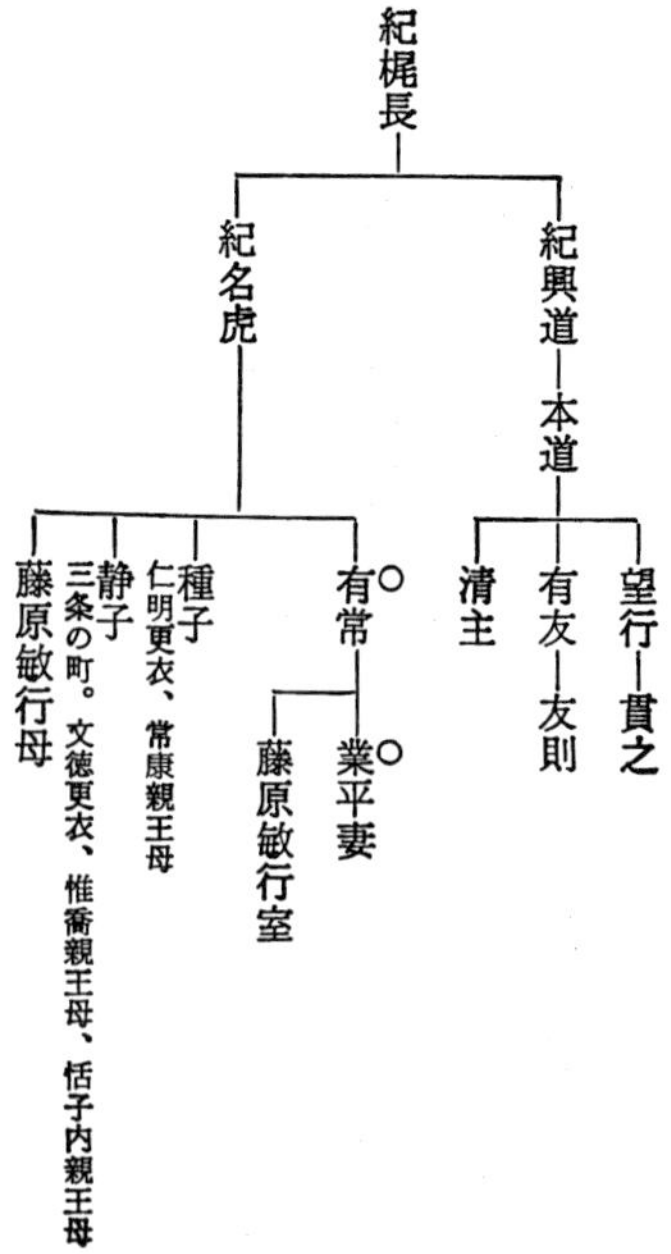
紀梶長
紀興道
本道
望行
貫之
有友
友則
清主
紀名虎
○有常
○業平妻
藤原敏行室
種子
仁明更衣、常康親王母
静子
三条の町。文徳更衣、惟喬親王母、恬子内親王母
藤原敏行母

〔関係系図三〕

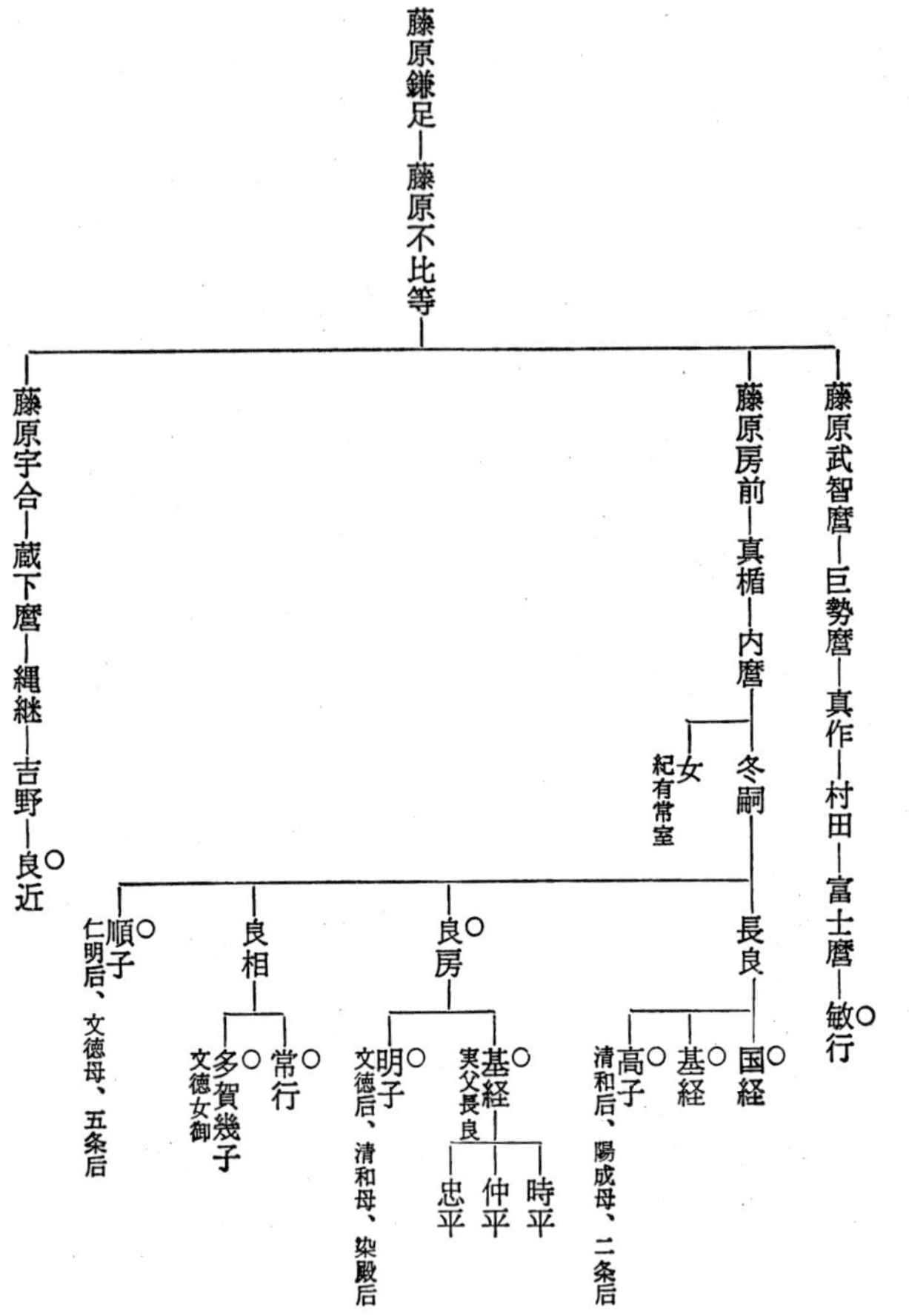
藤原鎌足
藤原不比等
藤原武智麿
巨勢麿
真作
村田
富士麿
敏行○
藤原房前
真楯
内麿
冬嗣
女
紀有常室
長良
国経○
基経○
高子○
清和后、陽成母、二条后
良房○
基経○
実父長良
時平
仲平
忠平
明子○
文徳后、清和母、染殿后
良相
常行○
多賀幾子○
文徳女御
順子○
仁明后、文徳母、五条后
藤原宇合
蔵下麿
縄継
吉野
良近○

伊勢物語関係年表

年齢はすべて数え年

年号	西暦	天皇	業平年齢	関係事項
弘仁一三	八二三	嵯峨	生前3	源融誕生（一段）。
天長二	八二五	淳和	一	在原業平誕生。
三	八二六		二	行平、業平ら在原朝臣姓を賜わる。
承和元	八三四	仁明	一〇	三代実録によれば、紀有常、この頃より仁明帝に仕える（一六段ほか）。
五	八三八		一四	源融、内裏にて元服。
九	八四二		一八	八月四日、道康親王（文徳天皇）立太子。
				十月二十三日、阿保親王薨。
				藤原高子（二条后）誕生。
一一	八四四		二〇	惟喬親王誕生（八二段その他）。
一二	八四五		二一	業平左近衛将監か（古今集目録）。
一四	八四七		二三	業平、蔵人になるか（右同）。
嘉祥元	八四八		二四	五月十五日、崇子内親王薨（三九段）。
二	八四九		二五	業平、正月に従五位下（続日本後紀）。
三	八五〇		二六	三月二十一日、仁明天皇崩御。
				三月二十五日、惟仁親王（清和帝）誕生。
		文徳		四月十七日、文徳天皇即位。

斉衡二	八五五		三一	十一月二十五日、惟仁親王（清和）立太子。時に惟喬親王は七歳。 行平従四位下因幡守に。有常従五位上左近少将。
天安元	八五七		三三	二月十九日、藤原良房太政大臣となる。 十二月一日、惟喬親王元服。
二	八五八	清和	三四	八月二十七日、文徳天皇崩御。 十一月七日、清和天皇即位。御年九歳。 十一月十四日、女御多賀幾子卒（七七段）。
貞観元	八五九		三五	一月十三日、行平任播磨守。 五月七日、人康親王（山科宮）出家（七八段）。 十月五日、恬子内親王、伊勢斎宮に卜定（六九段ほか）。
二	八六〇		三六	六月五日、行平任内匠頭。
三	八六一		三七	九月十九日、伊都内親王薨（八四段）。
四	八六二		三八	三月七日、業平、正六位上より従五位上になる（三代実録）、ただし「続日本後紀」によれば、嘉祥二年一月七日に従五位下になっているから、一度五位になってから六位に落とされたのではないか（九段ほか）。
五	八六三		三九	二月十日、業平、左兵衛権佐。 三月二十八日、業平、有常ら次侍従となる。 惟喬親王、弾正尹となる。二〇歳。
六	八六四		四〇	三月八日、業平、左近権少将。 同日、行平、左兵衛督。 惟喬親王、常陸大守。二一歳。

七	八六五		四一	三月九日、業平右馬頭（七七段ほか）。
八	八六六		四二	十二月十六日、藤原常行右近大将（七七・七八段）。 十二月二十七日、藤原高子（二条后）女御となる。
一〇	八六八		四四	貞明親王（陽成）誕生。父清和帝、母二条后。
一一	八六九		四五	正月七日、業平正五位下。 二月一日、貞明親王（陽成）立太子。
一三	八七一		四七	九月二十八日、順子（五条后）薨（四・五段）。
一四	八七二		四八	二月、惟喬親王、上野大守。 五月十七日、業平、鴻臚館に遣されて渤海使を労問する。 七月十一日、惟喬親王出家。二九歳（八三・八五段）。 八月二十五日、源融、左大臣（八一段）。 同日、藤原基経、右大臣（九七段）。 九月二日、藤原良房薨（九八段）。
一七	八七五		五一	正月十三日、業平、右近衛権中将（三代実録の誤りか）。 二月十七日、藤原常行薨（七七・七八段）。その際業平は勅使として贈従二位の旨を伝う。 貞数親王誕生（七九段）。 藤原基経四十賀（九七段）。
一八	八七六	陽成	五二	十一月二十九日、清和天皇、譲位して陽成天皇受禅。九歳。その時業平は勅使として文徳天皇の田邑山陵にその趣を伝う。
元慶元	八七七		五三	正月二十三日、紀有常卒。

二	八七八		五四	十一月二十一日、業平、従四位上権中将（九九段ほか）。 一月三日、業平、勅使として、源融の上表に対する綸旨を伝う。
三	八七九		五五	一月十一日、業平、中将のままで、相模権守となる。 十月、業平、蔵人頭となるか（職事補任）。
四	八八〇		五六	業平、美濃権守を兼任。 五月二十八日、在原業平卒（一二五段）。 十二月四日、清和天皇崩御。三一歳。
仁和二	八八六	光孝	没後6	一月七日、源至従四位上（三九段）。 十二月十四日、芹川行幸（一一四段）。
三	八八七	宇多	7	八月二十六日、光孝天皇崩御、五八歳。
寛平三	八九一		11	一月十三日、藤原基経薨。
五	八九三		13	七月十九日、在原行平薨。
七	八九五		15	八月二十五日、源融薨。
九	八九七		17	二月二十日、惟喬親王薨、五四歳（八三段ほか）。
昌泰元	八九八	醍醐	18	在原棟梁没。
延喜元	九〇一		21	藤原敏行卒（一〇七段）。
八	九〇八		28	六月二十九日、藤原国経薨（六段）。
一〇	九一〇		30	三月二十四日、二条后高子崩御（四段）。
一三	九一三		33	六月八日、元斎宮恬子内親王薨（六九段ほか）。
一六	九一六		36	五月十九日、貞数親王薨。四一歳（七九段）。
天慶八	九四五	朱雀	65	紀貫之、この年に没か。

天暦　五	九五一	村上	71	源順、後撰集の撰者となる（三九段）。
七	九五三		73	在原元方、この年に没か。

和歌各句索引

一、物語の登場人物がよんだ和歌の各句索引である。
一、配列等は歴史的仮名遣いによった。
一、下段の数字は本文中に示した和歌番号である。

あ

あかしては　二
あかなくに　一四八
あかねども　一四〇
あきかけて　一六九
あきかぜふくと　八三
あきなきときや　九六
あきのの に　五五
あきのよとだに　一三〇
あきのよの
ちよをひとよになず
らへて　四四
あきのよの
ちよをひとよになせ
りとも　四五
あきのよは　一六六
あきはあれど　一四三
あきやくる　三六
あくときのあらむ　四四
あさがほの　七〇
あさつゆは　九二
あさなぎに　一四三
あさまのたけに　八
あさみこそ　一八二
あしたゆくくる　三六
あしべこぐ　一六四
あしべより　六五
あすのよのこと　一六三
あすはゆきとぞ　六
あだなりと　二七
あだにそあるべき　一二〇
あだにちぎりて　三六
あぢきなく　一六一
あづさゆみ
ひけどひかねど　二三
あづさゆみ
まゆみつきゆみ　二三
あとだにいまだ　六八
あともなく　四一
あなたのみがた
あすのよのこと　一六三
あなたのみがた
ひとのこころは　九三
あねはのまつの　二一
あはでぬるよぞ　五五
あはでのみねむ　一一四
あはぬなりけり　一〇
あはぬひおほく　一三三
あはむとぞおもふ　六八
あはれいくよの　一〇三
あひおもはで　五四
あひみしことを　一三
あひみては　四三
あひみるまでは　七一
あふごかたみに　六〇
あふことは
たまのをばかり　六三
あふことは
うつりてけふに―　一二九
あふなあふな　一六五
あふにしかへば　一一七
あふみなる　二〇〇
あふよしもなし　一八一
あまぐもの
よそにのみして　三
あまぐもの
よそにもひとの　二一
あまたあれば　七九
あまつそらなる　九九
あまとしひとを　一七八
あまのがは
とわたるふねの　一〇七
あまのがは
へだつるせきを　一六八
あまのかはらに　一四六
あまのかりほす　一二五
あまのかる　一一九
あまのかるもに　一〇三
あまのたくひか　一五八
あまのつりぶね　一二八
あまのはごろも　二五
あめはふらねど　一八五
あめはふるとも　四九
あやなくけふや　一七三
あやめかり　九七
あらじとおもへば　一四三
あらたまの　五一
あらなくに
うらみてのみも　一三一
あらなくに
このはふりしく　一六九
あらねども
あはぬひおほく　一三三
あらねども
くるればつゆの　一〇一
あらましものを　一九九
ありしにまさる
けふはかなしも　七六
ありしにまさる
ふぢのかげかも　一七五
ありしよりけに　四〇
ありといふものを　八七
ありといへば　一三三
ありぬべし　九三
ありもすらめど　一〇〇
ありもやしけむ　一八八
ありやなしやと　三
あるならむ　一八七
あるにもあらぬ　一三〇
あるはなみだの　三六
あれたるやどの　一〇四
あれにけり　一〇三
あわをによりて　六八

い

いかでかは
いろになるてふ　一〇九
いかでかは

とりのなくらん 九八
いかでかは
　ふねさすさほの 八六
いかにみじかき 一九三
いくそたび 一六四
いくたびきみを 二四
いくよへぬらむ 一九六
いこまやま 四九
いざこととはむ 一二
いざといはましを 二一
いざなはれつつ 一三
いたづらに 一三
いつかきにけむ 一四三
いつかわすれむ 一四
いつとてか 二
いつのまに 三四
いづれたかけむ 一五六
いづれのかみに 一六一
いづれまでてふ 九五
いづれをさきに 一八六
いでていなば
　いとどふかくさ 二〇四
いでていなば
　かぎりなるべみ 一六
いでていなば
　こころかるしと 三五
いでていなば
　たれかわかれの 一六
いでてこし 六八
いでてゆく 八三
いでにしたまの 一八七
いとあはれ 七五
いとどさくらは 一四五
いとどしく 七
いとどふかくさ 二〇四
いとどみえつつ 三七
いにしへの
　しづのをだまき 六四
いにしへの
　にほひはいづら 一二
いにしへは 一一八
いぬべくは 八三
いのちのほどに 一九三
いはでぞただに 二〇六
いはなれや 一八四
いはにぞかふる 一四〇
いはねばむねに 六七
いはねふみ 一三三
いはひそめてき 一九七
いはふもも 一五九
いはまより 一三六
いひしながらも 一六九
いひしよごとに 五〇
いひやせん 三五
いへばえに 六七
いほりあまたと 八〇
いほりおほき 八一
いまぞしる
　くるしきものと 八八
いまぞしる
　まだみぬひとを 一八八
いまはあだなれ 一九九
いまはかぎりと 一〇六
いまはとて 三八
いまはなるらむ 七八
いまはやめてよ 一六八
いままでに 一五五
いもみざるまに 四六
いやはかなにも 一七七
いやましに 六五
いよいよみまく 一三二
いるべきものを 一一五
いれずもあらなむ 一四八
いろこきときは 七七
いろになるてふ 一〇九
いろみえぬ 一四〇

う

うきながら 四三
うきよになにか 一四五
うぐひすの
　……かさはいな 一三〇
うぐひすの
　……かさもかな 二〇二
うしとなりけり 一三三
うたがひに 四〇
うちもねななむ 五
うちわびて 一〇五
うつつにも 一〇
うつのやまべの 一〇
うづらとなりて 二〇五
うつりてけふに 一三九
うつろふいろの 三四
うとまれぬれば 八〇
うみわたるふね 一三
うらごとに 一三三
うらなくものを 九〇
うらみてのみも 一三二
うらやましくも 七
うらわかみ 八九
うるはしみせよ 五三
うれしげもなし 一九八
うれたきは 一〇四
うゑうとだにきく 三九
うゑしうゑは 九六
うゑつれば 一四一

え

えだもとををに 二九
えにこそありけれ 一六九
えにしあれば 一七三A

お

おきつしらなみ 四八
おきなさび 一九三
おきのゐて 一九四
おきもせず 二

おくもみるべく　三
おしなべて　一四九
おちぼひろふと　一〇五
おとづれもせぬ　一〇三
おのがうへにぞ　六三
おのがさまざま　一五五
おふといふなる　六三
おふるのべとは　一七四
おふるみるめし　一三六
おほかたは　一六〇
おほぬさと　八七
おほぬさの　八六
おほはらや　一三八
おほみやびとの　一三九
おほよどの
　はまにおふてふ　一三四
おほよどの
　まつはつらくも　一三一
おもかげにたつ　八五
おもかげにのみ　三七
おもかげにみゆ　一一三
おもはざりしを　二〇七
おもはずは　一〇〇
おもはぬかたに　一九一
おもはぬひとを
　おもふなりけり　九四
おもはぬひとを
　おもふものかは　九一
おもひあまり　一八七
おもひあらば　三
おもひいづらめ　一三八
おもひおもはず　一八三
おもひきや　一五一
おもひけりとは　三九
おもひけるかな　九〇
おもひならひぬ　七三
おもひのみこそ　一七三
おもひはすべし　一六五
おもひますかな　六五
おもひやすらむ　三七
おもひをつけよ　二〇二
おもふかひ　三六
おもふこころの　四〇
おもふこころは　九八
おもふこころを　六六
おもふこと　二〇六
おもふなりけり　九四
おもふには　一一七
おもふまで　二六
おもふものかは　九一
おもふものから　七九
おもふらむこそ　一二〇
おもへどえこそ　八六
おもへども　一五四
おもへばみづの　五八
おもほえず
　そでにみなとの　五七
おもほえず
　ゆめかうつつか　一二五
おもほえて　六三
おもほえなくに　八五
おいとなるもの　一六〇
おいぬれば　一五三
おいらくの　一七〇

か

かいのしづくか　一〇七
かかるをりにや　一八
かきくらす　一三六
かぎりしられず　一
かぎりなるべみ　一七四
かくこそあきの　三三
かくるるか　一四八
かくれざるべき　一四一
かくろふは　一三三
かざしにさすと　一五九
かさなるやまに　一三三
かさぬとも　九一
かさはいな　二〇二
かさもかな　二〇一
かずかくよりも　九四
かずかずに　一八三
かすがのの　一
かすみにきりや　一六六
かぜにはありとも　一一六
かぜはやみなり　三三
かぜふけば
　おきつしらなみ　四八
かぜふけば
　とはになみこす　一八四
かぜをいたみ　一九一
かぞふれば　二三
かたからむ　七六
かたすぎぬ　四七
かたみこそ　一九九
かたやいづこぞ　一二八
かたらはねども　一三四
かたるがごとは　一八九
かちびとの　一三七A
かつうらみつつ　四三
かつらのごとき　一三三
かなしきは　一九四
かなしけれ　一二〇
かのこまだらに　一二
かはしまの　四二
かはづさへ　五九
かはづのあまた　一八五
かはらじを　七八
かひもありなむ　一三六
かへるなみかな
　うらみてのみも—　一三一
かへるなみかな
　うらやましくも—　七
かみのいがきも　一二九
かみのいさむる　一三〇
かみはうけずも　一一八
かみよのことも　一三八
かみよもきかず　一八〇
からくれなゐに　一八〇

からころも　九
かりくらし　一四六
かりごろも　一九三
かりなきて　一二四
かりにだにやは　二〇五
かりにつげこせ　八三
かりにもおにの　一〇四
かるぞわびしき　九七
かれなであまの　五六
かれぬるひとを　五四
かわくときなき　一八四
かをかげば　一〇八

き

きかばたのまむ　一八二
きかませば　一〇五
ききしかど　二〇七
きくのはなさく　一二四
きしのひめまつ　一九六
きせてかへさむ　二〇一
きつつなれにし　九
きつにはめなで　二〇
きてもみよかし　一三〇
きのふけふ　一三三
きのふけふとは　二〇七
きみがあたり　四九
きみがかたにぞ　一三
きみがさとには　三四
きみがため　三三
きみがためにと
ぬぎつれば　八二
きみがためにと
をるはなは　一七一
きみがためには　一五九
きみがみけしと　二五
きみこむと　五〇
きみならずして　四七
きみにあひみで　一九五
きみにこころを　六五
きみにぞありける　一三三
きみにより　七三
きみはこざらむ　二〇五
きみはしらなみ　一九七
きみはぬまにぞ　九七
きみまてば　一四七
きみやこし　一二五
きみをみむとは　一五一
きゆるものとも　七五
きえずとて　一七九
きえずはありとも　二八
きえなましものを　六
きえのこりても　九二
きえはてぬめる　五四
きるといふなり　一一〇

く

くさのいほりに　一〇一
くさひきむすぶ　一五〇
くたかけの　二〇
くだきつるかな　一〇二
くはこにぞ　一九
くもなかくしそ　四九
くもにはのらぬ　一七六
くものうへまで　八三
くものたちまひ　一三三
くらべこし　四七
くりかへし　六四
くりはらの　二二
くるしかりけり　一六五
くるしきものと　八八
くるればつゆの　一〇一
くれがたき　八四
くれなゐに
にほふがうへの　三〇
くれなゐに
にほふはいづら　二九

け

けさこそみつの　一三
けさぞなく　八〇
けなばけななむ　一七九
けふかあすかと　一五六
けふこずは　二八
けふこそかくも　一六三
けふこそは　一三八
けふのこよひに　六一
けふのひの　一六三
けふはかなしも　七六
けふばかりとぞ　一九三
けふはなやきそ　一六

こ

こけるからとも　一二一
ここによらなむ　一四三
こころかるしと　三五
こころなるらむ　一九二
こころのやみに　一二六
こころはきみに　五三
こころはなぎぬ　一三四
こころひとつに　六七
こころひとつを　四三
こころをみせむ　一四〇
こぞのさくらは　九三
ことのなからむ　一〇九
ことのはぞ　九〇
ことのはの　一〇〇
ことばのこりて　四五
こともせじ　一五〇
ことをきくらむ　九五
ことをしぞおもふ　八九
このはふりしく　一六九
こはしのぶなり　一七四
こひしきに　七
こひしきひとに　一一四
こひしくは
あやなくけふや　一七二

こひしくは
　きてもみよかし　一三〇
こひしとは　一九〇
こひすぞあるべき　一八九
こひせじと　一一八
こひつつぞふる　五〇
こひといふらむ　七三
こひとはいふと　七五
こひにしなずは　一九
こひはまさりぬ　一六八
こひむとかみし　一八六
こひわたるかな　一三三
こひわびぬ　一〇三
こふるものとは　一八八
こむといふなる　一七〇
こもりえに　六六
こえぬべし　一二九
こよひさだめよ　一二六
こよひもや　一一四
これぞこの　一六〇
これなくは　一九九
これやこの
　あまのはごろも　二五
これやこの
　われにあふみを　一一二
これやこのよを　一一三
ころもかたしき　一一四
こゐしたえずは　八一

さ

さかざらむ　九六
さくはなの　一七五
さくらばな
　けふこそかくも　一六三
さくらばな
　こけるからとも　二一
さくらばな
　ちりかひくもれ　一七〇
さくらばな
　としにまれなる　二七
ささわけしあさの　五四
さしてしるべき　六六
さすがにかけて　一七
さすがにめには　三一
さつきまつ　一〇八
さとをばかれず　八八
さむしろに　一一四
さもあらばあれ　一一七
さらにもいはじ　一九〇
さらぬわかれの
　ありといへば　一五二
さらぬわかれの
　なくもがな　一五三
さりともと　一二〇
さわがれて　六七
さわぐかな　五七
さをさして　二八

し

したにかくるる　一七五
したにもありけり　三八
したひもとくな　七〇
したひもの
　しるしとするも　一八九
したひもの
　とけむをひとは　一九〇
しづのをだまき　六四
しでのたをさは
　けさぞなく　八〇
しでのたをさは
　なほたのむ　八二
しなのなる　八
しのびてかよふ　二一
しのぶのみだれ　一
しのぶやま　二一
しのぶることぞ　一一七
しひてをりつる　一四二
しほがまに　一四三
しほひしほみち　一三六
しほやくけぶり　一九一
しらぎくは　三〇
しらたまか　六
しらたまの　一五七
しらつゆは　一七九
しらねばや　三六
しらゆきの　二九
しりもしなまし　三九
しるしとするも　一八九
しるしらぬ　一七三
しるひともなみ　一六四
しるべなりけれ　一七三

す

すぎにけらしな　四六
すぎぬれば　五〇
すぎゆくかたの　七
すぐるよはひと　九五
すだくなりけり　一〇四
すまのあまの　一九一
すみけむひとの　一〇三
すみこしさとを　二〇四
すみよしの　一九六
すみよしのはま　一二四
すみわびぬ　一〇六
すりごろも　一
するがなる　一〇

せ

せきはこえなん　一二七B
せきもりは　五
せしかども　六一
せしみそぎ　一一八
せなをやりつる　二〇

そ

そでかともみゆ　三〇
そでにみなとの　五七
そでぬれて　一三五
そでのかぞする　一〇八
そでのしづくか　一三七
そでのせばきに　一五七
そでのみひちて　一八一
そではひつらめ　一八二
そでよりも　五五
そでをしつつも　三
そのこととなく　八四
そむくとて　一七六
そめがはを　一〇九
そらゆくつきの　一一五
それとしらなむ　一九〇

た

たがかよひぢと　七八
たかきいやしき　一六五
たがゆるさばか　一一六
ただこよひこそ　五一
たちゐるくもの　四一
たつけぶり　八
たつたがは　一八〇
たつたやま　四八
たづもなくなる　一九三
たてまつりけれ　三五
たななしをぶね　一六四
たなばたつめに　一四六
たなびきにけり　一九一
たにせばみ　六九
たねをだに　三八
たのまざりけれ　八六
たのまぬものの　五〇
たのまるるかな
　めくばせよとも―　一七八
たのまるるかな
　をりふしごとに―　一〇〇
たのまれなくに　一五〇
たのみきぬらん　二四
たのみしかひも　二〇三
たのみはつべき　九二
たのむには　一七
たのものかりも　一三
たのものかりを　一四
たはれじま　一一〇
たびをしぞおもふ　九
たまかづら
　おもかげにのみ　三七
たまかづら
　たえむとひとに　六九
たまかづら
　はふきあまたに　一九八
たますだれ
　たがゆるさばか　一一六
たますだれ
　ひまもとめつつ　一二五
たまにぬくべき　一五九
たまのをばかり
　おもほえて　六三
たまのをばかり
　なるべかりける―　一九
たまのをを　六八
たまむすびせよ　一八七
たもとには　九九
たえじとぞおもふ　四三
たえてさくらの　一四四
たえてのちも　六八
たえぬこころの　一九八
たえむとひとに　六九
たれかあぐべき　四七
たれかこのよを　九二
たれかわかれの　七六
たをれるえだは　三三

ち

ちぢのあき　一六七
ちはやぶる
　かみのいがきも　一一九
ちはやぶる
　かみのいさむる　一三〇
ちはやぶる
　かみよもきかず　一八〇
ちひろあるたけを　一四一
ちへまさるらむ　一六六
ちよもといのる　一三三
ちよをひとよに
　なずらへて　四四
ちよをひとよに
　なせりとも　四五
ちらずとも　九三
ちりかひくもれ　一七〇
ちるはなと　九五
ちればこそ　一四五

つ

つきぬらむ　三四
つきのうちの　一三三
つきもいらじを　一四九
つきやあらぬ　四
つきをもめでじ　一六〇
つくまのまつり　二〇〇
つくもがみ　一一三
つつゐづの　四六
つひにゆく　二〇七
つひによるせは　八七
つましあれば　九
つまもこもれり　一六
つみもなき　六三
つもればひとの　一六〇
つゆぞおくなる　一七〇
つゆとこたへて　六
つゆやおくらむ　九九
つゆやまがふと　二六
つらきこころの　六三
つらきこころは　一三七
つりするふねは　一四三

つれづれの　一八一
つれなきひとの　二〇〇
つれなくは　一三六

て

てにはとられぬ　一三
てにむすび　二〇三
てをりて　三三

と

とかじとぞおもふ　七一
ときしなければ　八五
ときしもわかぬ　一七一
ときしらぬ　一一
とくせなむ　二〇〇
とけなくに　一八九
とけむをひとは　一九〇
としだにも　二四
としつきふれど　一三
としつきを　三六
としにまれなる　二七
としのうちに　一四二
としのへぬれば　一五五
としのみとせを　五一
としへぬるかと　七四
としをへて
　すみこしさとを　二〇四
としをへて
　わがせしがごと　五三
とどめかね　五四
とはになみこす　一八四
とはぬもつらし　一七
とはねばうらむ　一八
とひがたみ　一八三
とひしとき　六
とひしわれしも　七三
とふとなるべし　一三九
とふべかりけり　八六
とふもうるさし　一七
とへばいふ　一八
ともしけち
　きゆるものとも　七五
ともしけち
　としへぬるかと　七四
ともにこそちれ　一六七
とりとめぬ　一一六
とりのこを　九一
とりのなくらむ　九八
とりやなきなん　四五
とわたるふねの　〇七
とをづつとをは　九一
とをといひつつ　二三
とをとてよつは　二四

な

ながからぬ　一九二
ながくみゆらむ　六三
なかぞらに　四一
なかなかに　一九
ながなくさとの　七九
ながむれば　八四
ながめくらさむ　一七三
ながめくらしつ　一二
ながめにまさる　一八一
なかりせば　一四四
ながれても　八七
なきなおほせむ　一六一
なきよなりけり
　かのみしかひも―　二〇三
なきよなりけり
　としつきを　三六
なきをらん　二〇五
なくこゐをきけ　七四
なくぞきこゆる　七五
なくたには　一八五
なくもがな　一五三
なげきはいつも　六一
なげくころかな　六七
なすよしもがな　六四
なずらへて　四四
なせりとも　四五
なぞへなく　一六五
なつのひぐらし　八四
なつふゆたれか　一四一
などてかく　六〇
などめづらしき　九〇
なにかあやなく　一七三
なにこそたてれ
　あだなりと―　二七
なにこそたてれ
　おほぬさと―　八七
なにしおはば
　あだにぞあるべき　一一〇
なにしおはば
　いざこととはむ　三
なにぞとひとの　六
なにはつを　一三
なにをかも　七三
なのみたつ　八〇
なべのかずみむ　二〇〇
なほうとまれぬ　七九
なほぞこひしき　四三
なほたのむ　八一
なみだがは
　そでのみひちて　一八一
なみだがは
　みさへながると　一八三
なみだにぞ　一二七
なみだのたきと　一三六
なみのぬれぎぬ　一一〇
なみまより　一九五
ならはねば　七三
なりななむ　一四九
なりにけん　六〇
なりにけるかな
　かみはうけずも―　一一八
なりにけるかな

こけるからとも— 二一
なりにけるかな
　みのはかなくも— 四一
なりにけるかな
　ゆふぐれにさへ— 一六三
なりにけれ 一〇七
なりぬとも 一五五
なりぬべきかな 八二
なりぬれば
　おもへどえこそ 八六
なりぬれば
　たえぬこころの 一九八
なりまさるかな 一七七
なりゆくか 三一
なるべかりける 一九

に

にひまくらすれ 五一
にほひはいづら 二一
にほふがうへの 三〇
にほふとも 一六三
にほふはいづら 二九
にるときはなし 六一

ぬ

ぬぎつれば 八二
ぬきみだる 一五七
ぬるめるひとに 二〇一
ぬれつつしぼる 一三七
ぬれつつぞ 一四二

ね

ねさへかれめや 九六
ねてかさめてか 一三五
ねぬるよの 一一七
ねもしなむ 一三
ねもせでよるを 二
ねよげにみゆる 八九
ねをこそなかめ 一一九

の

のがれつつ 一一三
のちもたのまん 一七四
のどけからまし 一四四
のとならば 二〇五
のとやなりなん 二〇四
のなるくさきぞ 七七

は

はかなきは 九四
はつくさの 九〇
はなこそちらめ 九六
はなたちばなの 一〇八
はなとみましや 二八
はなにあかぬ 六一
はなにはありとも 七〇
はなのはやしを 一三三
はなよりも 一八六
はなをぬふてふ
　かさはいな 二〇二
はなをぬふてふ
　かさもかな 二〇一
はふきあまたに 一九八
はまにおふてふ 一三四
はまひさぎ 一九五
はるながら 三三
はるなかるらし 三四
はるならぬ 四
はるのうみべに 一二四
はるのかぎりの 一六三
はるのこころは 一四四
はるのものとて 二
はるのわかれを 一三九
はるはいくかも 一四二
はるばるきぬる 九
はるひわするる 一六六
はるやむかしの 四
はるるよの 一五八

ひ

ひくてあまたに 八六
ひけどひかねど 五三
ひこぼしに 一六八
ひさしかるべき 一四五
ひさしきよより 一九七
ひさしくなりぬ
　きみにあひみで 一九五
ひさしくなりぬ
　すみよしの 一九六
ひしきものには 三
ひたぶるに 一三
ひちまさりける 五五
ひとこそあだに 一八六
ひとこそあるらし 一五七
ひとしなければ 二〇六
ひとしれず
　おもふこころは 九八
ひとしれず
　わがこひしなば 一六一
ひとしれぬ 五
ひとたびきます 一四七
ひとつのはるに 一六七
ひととせたらぬ 一一三
ひととせに 一四六
ひとなとがめそ 一九三
ひとならば 二一
ひとのこころに 三八
ひとのこころの 三三
ひとのこころは 九三
ひとのこのため 一五三
ひとのむすばむ 八九
ひとはいさ 三七
ひとはこれをや 七二
ひとはしぬらむ 一八

ひとはしらねば　三五
ひとまたむ　八八
ひともあらじを　一一九
ひとりこゆらむ　二七
ひとりして　四八
ひとをうけへば　七一
ひとをおほみ　六三
ひとをばえしも　一七五
ひまもとむべき　四三
ひまもとめつつ　一二六

ふ

ふくかぜに
　こぞのさくらは　九三
ふくかぜに
　わがみをなさば　一二五
ふたりして　七一
ふぢのかげかも　一七五
ふねさすさをの　六六
ふりぞまされる　一八三
ふりなまし　二八
ふりわけがみも　四七
ふるかともみゆ　二九
ふることは　二二
ふるにぞありける　二六

へ

へだつるせきを　一六八
へにけるを　二四

ほ

ほしかかはべの　一五八
ほしききみかな　一五三
ほしてかへさむ　二〇三
ほたるかも　一五八
ほととぎす　七九
ほどはくもゐに　一五

ま

まかせずもかな　三八
まくらとて　一五〇
まけにける　一一七
まさりがほなき　一一三
またあふさかの　一三七B
まだきになきて　二〇
まだきもつきの　一四八
まだみぬひとを　一八八
またもあらじと　五八
まだよふかきに　九八
まちわびて　一五
まつかひの　一五六
まつはつらくも　一三一
まどひける　九七
まどひにき　一三六
まどろめば　一七七
まなくもちるか　一五七
まゆみつきゆみ　三三
まろがたけ　四六

み

みさへながると　一八二
みずもあらず　一七三
みたらしがはに　一一八
みちくるしほの　六五
みちとはかねて　二〇七
みちならなくに　一三〇
みちまがふがに　一七〇
みちもがな　三
みづかきの　一九七
みづくくるとは　一八〇
みづこそまされ　一八五
みつつををらむ　四九
みづのしたにて　五九
みづのながれて　四三
みづもらさじと　六〇
みなくちに　五九
みねまではへる　六九
みねもたひらに　一四九
みのはかなくも　一四
みまくほしさに
　いざなはれつつ　二一
みまくほしさに
　おほみやびとの―　一三九
みもせぬひとの　一七三
みやこしまべの　一九四
みやこどり　三
みやこのつとに　二一
みやはとがめぬ　八
みゆるこじまの　一九五
みゆるものから　三一
みよしのの
　たのものかりも　一三
みよしのの
　たのものかりを　一四
みるからに
　こころはなぎぬ　一二四
みるからに
　めくばせよとも　一七八
みるめかる　一二八
みるめなき　五六
みるらめど　一七四
みるをあふにて　一三五
みをかくすべき　一〇六
みをしらずして　一三〇
みをしるあめは　一八三
みをしわけねば　一五四
みをやくよりも　一九四

む

むかしのひとの　一〇八
むかしより　五三
むかしをいまに　六四
むかはめや　一六七

むぐらおひて 一〇四
むぐらのやどに 三
むさしあぶみ
　かかるをりにや 一八
むさしあぶみ
　さすがにかけて 一一七
むさしのは 一一六
むすびしひもを 七一
むすびしものを 六〇
むすべれば 六八
むつましと 一九七
むべしこそ 二五
むらさきの 七七

め

めかるとも 八五
めかれせぬ 一五四
めくはせよとも 一七八
めぐりあふまで 一四五
めでたけれ 一一五
めにはみて 一三三
めもはるに 七七

も

もとのみにして 四
もにすむむしの 一一九
ものおもふひとは 五八
ものぞかなしき
　ありしよりけに— 四〇
ものぞかなしき
　そのこととなく— 八四
ものならば 三九
ものなれど 一五六
ものなれや 一六六
ものにぞありける 一七一
ものゆゑに 三一
もみぢしにけれ 三三
もみぢもはなも 一六七
もももとせに 一一三
もろこしぶねの 五七
もろごゑになく 五九

や

やちよしねばや 四四
やどかすひとも 一四七
やどからむ 一四六
やどなれや 一〇三
やどもとめてむ 一〇六
やどりなりけり 一〇一
やどるてふ 一〇二
やまざとに 一〇六
やましろの 二〇三
やまのはなくは 一四九
やまのはにげて 一四八
やまのみな 一三九
やまはふじのね 一一
やまむとやする 一三五
やみぬべき 二〇六

ゆ

ゆかましものを 一〇五
ゆきかへるらむ 一六四
ゆきてはきぬる 三一
ゆきのつもるぞ 一五四
ゆきのふるらむ 一一
ゆきふみわけて 一五一
ゆきやらぬ 九九
ゆくほたる 八三
ゆくみづと 九三
ゆくみづに 九四
ゆふかげまたぬ 七〇
ゆふぐれにさへ 一六三
ゆめうつつとは 一二六
ゆめかうつつか 一二五
ゆめかとぞおもふ 一五一
ゆめぢをたどる 九九
ゆめにもひとに 一〇
ゆめをはかなみ 一七七

よ

よしのなければ 一四〇
よそになるてふ 一七六
よそにのみして 三三
よそにもひとの 三一
よつはへにけり 二三
よにもあらじ 一五五
よのありさまを 三五
よのうきことぞ 一七六
よのなかに
　さらぬわかれの 一五三
よのなかに
　たえてさくらの 一四四
よのなかの 七二
よのひとごとに 七三
よのひとの 一三七
よはにやきみが 四八
よひごとに 一八五
よひよひごとに 五
よふかくみえば 一八七
よもあけば 二〇
よりしばかりに 五七
よりにしものを 三三
よるとなくなる
　きみがかたにぞ— 一三
よるとなくなる
　みよしのの 一四
よをうみの 一七八
よをばうらみじ 一一九

わ

わがうへに 一〇七
わがおもはなくに 六九
わがおもふひとは 三

わがかたに　一四
わがかどに　一四一
わがかよひぢの　五
わかくさの　一六
わかくさを　八九
わがこころなる　一五四
わがころもでの　一八四
わがすむかたの　一五八
わがすむさとに　八一
わがせしがごと　五三
わがそでは　一〇一
わがたのむ　一七一
わがみはいまぞ　五四
わがみひとつは　四
わがみをうらと　五六
わがみをなさば　一一五
わかむらさきの　一
わがよをば　一五六
わかれざりける　七七
わかれなりけり　一九四
わがゐるやまの　三三
わきていはむ　一七三
わすらるる　八五
わするなよ　一一五
わするらむと　四〇
わするるくさの　三八
わするるときも　一九九
わするるは　一九二
わすれぐさ
　うゝとだにきく　三九
わすれぐさ
　おのがうへにぞ　六三
わすれぐさ
　おふるのべとは　一七四
わすれては　一五一
わすれぬひとは　一五五
わすれねば　四二
わたつうみの
　かざしにさすと　一五九
わたつうみの
　みるをあふにて　一二五
わたらむひとの　一〇九
わたれどぬれぬ　一二七A
われからと　一一九
われからみをも　一〇二
われこひしなば　一六二
われさへもなく　八二
われとひとしき　二〇六
われならで　七〇
われにあふみを　一一三
われにをしへよ　一一八
わればかり　五八
われはきにけり　一四六
われはしらずな　七五
われはのにいでて　九七
われみても　一九六
われもこもれり　一六
われもたづらに　一〇五
われやすまひし　三六
われやみゆらむ　五九
われやゆきけむ　一二五
われをこふらし　一一三

ゐ

ゐづつにかけし　四六
ゐでのたまみづ　二〇三

を

をしほのやまも　一三八
をしまざりけり　一五九
をしめども　一六三
をちこちびとの　八
をりけるひとの　三〇
をりふしごとに　一〇〇
をるはなは　一七一

語彙索引

一、本文中に用いられている重要語彙の索引である。
一、配列等は歴史的仮名遣いによった。なお、「むま」「むめ」の類は「うま」「うめ」の項に入れた。
一、下段の数字は物語の章段番号である。

あ

あくたがは(芥川) 六
あさがほ(朝顔) 三七
あさまのたけ(浅間嶽) 八
あしずり(足摺) 六
あしや(芦屋) 八七
あた(仇) 三一
あだくらべ(徒競) 五〇
あだなり 一七・二一・四七・六一・
一〇三・一〇九・一一九
あづさゆみ(梓弓) 二四
あづま(東) 七・八・九・一一
あねは(姉歯) 一四
あばら(荒) 四・六
あふご(朸・会ふ期) 二六
あふさかのせき(逢坂関) 六九
あふなあふな 九三
あふみ(近江) 六三・一二〇
あま(海人) 二五・五七・六五・七〇
・七五・八七・一一三
あま(尼) 一六・六〇・一〇三・一〇四
あまぐも(天雲) 一九
あまのがは(天の川)
五九・八二・九二
あまのさかて(天逆手) 九六
あまのはごろも(天羽衣) 一六
あめのした(天下) 三九
ありはらのゆきひら
(在原行平) 一〇一
ありわぶ(在佗) 七
あるじ(主) 五・一七・四四・六二・
八二・八七・一〇一・一〇七
あるじまうけ(饗設) 一〇一
あん(案) 一〇七
あんしやうじ(安祥寺) 七七・七八

い

いがき(斎垣) 七一
いこまのやま(伊駒山)
二三・六七
いさりび(漁火) 八七
いせ(伊勢)
七・六九・七一・七三・七五
いたじき(板敷) 四・八一
いたづく(労) 六九
いちはやし(逸速) 一
いつきのみや(斎宮) 七〇
いづみのくに(和泉国)
六七・六八
いはき(岩木) 九六
いひがひ(飯匙) 二三
いへとうじ(家刀自)
四四・六〇
いも(妹) 二三
いるまのこほり(入間郡) 一〇

う

うぐひす(鶯) 一三
うけふ(詛) 三一
うこんのむまば
(右近馬場) 九九
うさのつかひ(宇佐)
六〇
うぢ(氏) 七九
うぢがみ(氏神) 七六
うちのおほんつかひ
(内御使) 七一
うつのやま(宇津山) 九
うづら(鶉) 一二三
うばら(茨) 六三
うばらのこほり(菟原郡)
三三・八七
うひかうぶり(初冠) 一
うぶや(産屋) 七九
うへのきぬ(袍) 四一
うまのかみ(馬頭) 八二・八三
うまのはなむけ(餞別)
四四・四八・一一五
うめつぼ(梅壺) 一二一
うれたし(憂) 五八

え

え(えん)(縁) 六九・九六
えうなし(無益) 九
えびすごころ(夷心) 一五

お

おきな(翁)　四〇・七六・七七・七九・八一・八三・九七
おきなさぶ　一一四
おきのゐで　一一五
おに(鬼)　六・五八
おひうつ(追棄)　四〇
おほきおとど(太政大臣)　一〇一
おほきさいのみや(大后宮)　四・六五
おほたか(大鷹)　一一四
おほぢがた(祖父方)　七九
おほぬさ(大幣)　四七
おほはら(大原)　七六
おほみやびと(大宮人)七一
おほやけ(公・帝)　六五・八五・一一四
おほやけごと(公事)　八三
おほよど(大淀)七〇・七二・七五
おもしろし(面白)　一・九・二〇・二四・六五・六八・七八・八一・八二
おもなし(面無)　三四
おいづく(老付)　一
およびの(指)　二四
おりゐる(下居)　九・六八・八二
おんみやうじ(陰陽師)六五

か

かいまみ(垣間見)　一・六三
かう(講)　七七
かうちのくに(河内国)　二三・六七
かきつばた(杜若)　九
かざし　八一・八七
かざりちまき　五二
かしは(柏)　八七
かずかずに(数々)　一〇七
かすがのさと(春日里)一
かたの(交野)　八二
かたは(不具)　六五
かたみ(遺物)　一一九
かたゐおきな(乞食翁)八一
かちびと(徒歩人)　六九
かはしま(川島)　二二
かはづ(蛙)　二七・一〇八
かへで(楓)　九・二〇・九六
かみ(雷)　六
かむなぎ(巫)　六五
かもがは(賀茂川)　八一
かものまつり(賀茂祭)　一〇四
かや(う)のみこ(賀陽親王)　四三
からたち(枸橘)　六三
かりぎぬ(狩衣)　一
かり(雁)　一〇・四五・六八
かりのつかひ(狩使)　六九・七〇
かれいひ(乾飯)　九

き

ききおふ(聞負)　一〇八・一一四
きじ(雉)　五二・九八
きつ(水漕)　一四
きのありつね(紀有常)　一六・三八・八二
きのくに(紀伊国)　七八
きやう(京)　二・七・八・九・一三・一四・二〇・五九・八四・一〇二・一一六

く

くさのいほり(草庵)　五六
くたかけ(朽鶏)　一四
くないきやうもちよし(宮内卿茂能)　八七
くにつねのだいなごん(国経大納言)　六
くにのかみ(国司)　三・六九
くはこ(桑子)　一四
くもで(蜘蛛手)　九
くり(栗)　八七
くりはら(栗原)　一四

け

けこ(笥子)　二三
けさう(懸想)　三
げんぎやう(現形)　一一七

こ

こうらうでん(後涼殿)　一〇〇
こころざし(志)　四・四一・八六・一〇五
こころばへ(心ばへ)　一・七七・九〇
こころやむ(心病)　五
ごたち(御達)　一九・三一
ごでうのきさき(五条后)　六五
ことざま(異様)　一二
ことたつ(事立)　八五
このかみ(兄)　八七
このきやう(此京)　二
このゑづかさ(近衛司)　七六
こもりえ(隠江)　三三
これたかのみこ(惟喬親王)　六九・八二・八三

さ

さいくう(斎宮)　六九・七一・一〇四
さいくうのみや(斎宮の宮)　一〇二
ざいごちゆうじやう(在五中将)　六三
さいゐんのみかど(西院の帝)　三九
さが(性相)　三一
さか　(酒菜)　六〇
さがなし(祥無)　一五

さだかずのみこ(貞数親王) 七九
さむしろ(狭席) 六三
さんでうのおほみゆき(三条大行幸) 七八

し

しぎ(鴫) 九
しぞう(祇承) 六〇
したがふ(順) 三九
したひも(下紐) 三七・二一
じちよう(実用) 一〇三
しづのをだまき(賤苧環) 三三
しでのたをさ(死出田長) 四三
しなののくに(信濃国) 八
しのびありき(忍歩) 五〇
しのぶぐさ(忍草) 一〇〇
しのぶずり(忍摺) 一
しのぶやま(信夫山) 一五
しほがま(塩釜) 八一
しほじり(塩尻) 九
しま(島) 七八
しもつふさのくに(下総国) 九
しらぎく(白菊) 一八
しらずよみ(不知詠) 一八
しらゆき(白雪) 一八
しる(領) 一・六六・八七
しをる(責) 六三
しんじちに(真実に) 四〇
しんぞく(親族) 一〇三

す

すきごと(好色事) 七一
すきもの(好色者) 三八・六一
すぎやうじや(修行者) 九
すずろ 九・一四・七八・一一六
すまのあま(須磨の海人) 一三
すまふ(辞) 四〇・一〇一
すみうし 八
すみだがは(隅田川) 九
すみよし(住吉) 六八・一一七
すりかりぎぬ 一四
するがのくに(駿河国) 九
ずゐじん(随身) 七八

せ

せうえう(逍遙) 六七・一〇六
せうかうじ(小柑子) 八七
せうと(兄) 五・九六
せな(夫) 一四
せりかは(芹河) 一一四
ぜんじ(禅師) 八五

そ

そのかみ(当時) 七七
そほふる 二・八〇
そめがは(染河) 六一
そめどののきさき(染殿后) 六五

た

たかいこ(崇子) 三九
たかきこ(多賀幾子) 七七・七八
たかやす(高安) 二三
ただびと(直人) 三
たちばな(橘) 六〇
たつたがは(龍田河) 一〇六
たつたやま(龍田山) 二三
たなしをぶね(棚無小舟) 九二
たのものかり(田面雁) 一〇
たのも(田の面) 一〇
たばかる(謀) 七八
たはれじま(戯島) 六一
たびのこころ(旅の心) 九
たまかづら(玉蔓) 二一・三六・一一八
たますだれ(玉簾) 六四
たまのを(玉の緒) 一四・三〇・三五
たまむすび(魂結) 一一〇
たむらのみかど(田村の帝) 七七

ち

ちさとのはま(千里浜) 七八
ちのなみだ(血涙) 四〇・六九
ちりかふ(散交) 九七

つ

ついひぢ(築泥) 五
ついまつ(続松) 六九
つかひざね(使ざね) 六九
つきゆみ(槻弓) 二四
つくし(筑紫) 六一
つくまのまつり(筑摩祭) 一二〇
つくもがみ(九十九髪) 六三
つくりえだ(作枝) 九八
つたかへで(蔦楓) 九
つと(苞) 一四
つのくに(摂津国) 三三・六六・八七
つれづれ 四五・八三・一〇七

と

とうぐうのにようご(春宮女御) 二九
とうぐうのみやすんどころ(春宮御息所) 七六
とうし(藤氏) 一〇一
とこはなる(床離) 一六
とねり(舎人) 七八
とのもづかさ(主殿寮) 六五
ともだち(友達) 一一・一六・六六・八八・一〇九

ともとするひと(友とする人) 八・九

な

なかそら(中空) 二
ながめ(眺) 二・二一・四五・九九・一〇七
ながをか(長岡) 五八・八四
なぎさのいへ(渚の家) 八二
なには(難波) 六六
なにはつ(難波津) 六六
なほびと(直人) 一〇
なまみやづかへ(生宮仕) 八七
なまめく 一・三九・四三
なめし(無礼) 一〇五
ならのきやう(奈良京) 一・二

に

にしのきやう(西の京) 二
にでうのきさき(二条后) 三・五・六・七六・九五
にひまくら(新枕) 二四
にんなのみかど(仁和帝) 一一四

ぬ

ぬきす(貫簀) 二七
ぬのびきのたき(布引滝) 八七
ぬれぎぬ(濡衣) 六一

の

のろひごと(呪事) 九六

は

はかり(計) 二一
はしたなし 一
はつかなり(僅) 二〇
はつもみぢ(初紅葉) 九六
はなのが(花の賀) 二九
はなのはやし(花林) 六七
はまひさぎ(浜久木) 一一六
はめなで 一四
はらふ(祓) 六五
はるのもの(春の物) 二
はるのわかれ(春の別) 七七

ひ

ひえ(比叡) 九・八三
ひじきも(鹿尾菜) 三
ひだりのおほいまうちぎみ(左大臣) 八一
ひとつご(一子) 八四
ひとのくに(他国) 一〇・四六・六〇・六三・六五
ひをりのひ(引折日) 九九
ひんがしのごでう(東五条) 四・五
ひんがしやま(東山) 五九

ふ

ふかくさ(深草) 一二三
ふかくさのみかど(深草帝) 一〇三
ふじのやま(富士山) 九
ふぢはら(藤原) 一〇
ふぢはらのつねゆき(藤原常行) 七七・七八
ふぢはらのとしゆき(藤原敏行) 一〇七
ふぢはらのまさちか(藤原良近) 一〇一
ふりわけがみ(振分髪) 二三
ふるさと(古里) 一

ほ

ほい(本意) 四・二三・(三九)
ほとけのみな(仏の御名) 六五
ほりかはのおとど(堀河大臣) 六
ほりかはのおほいまうちぎみ(堀河大臣) 九七

ま

まきゑ(蒔絵) 七八
まどひいく(惑行) 九
まめ(忠実) 六〇・一〇三
まめをとこ(忠実男) 二
まらうどざね(客人ざね) 一〇一
まろ(麿) 二三

み

みかど(朝廷) 八一
みかはのくに(三河国) 九
みぎのうまのかみ(右馬頭) 七七・七八・八二
みけし(御衣) 一六
みそぎ(禊) 六五
みたらしがは(御手洗河) 六五
みちのくに(陸奥国) 一四・一五・八一・一一五
みづのを(水の尾) 六五・六九
みなせ(水無瀬) 八二・八三
みなもとのいたる(源至) 三九
みやこじま(宮古島) 一一五
みやこどり(都鳥) 九
みやづかへ(宮仕) 一九・二〇・二四・六〇・七八・八四・八五・八六
みやばら(宮腹) 五八
みやび(雅) 一
みよしの(三吉野) 一〇
みる(海松) 七五・八七
みるめ(海松布) 二五・七〇・七五

みわざ(御業) 七七・七八

む

むぐらのやど(葎の宿) 三
むこがね(婿がね) 一〇
むさしあぶみ(武蔵鐙) 一三
むさしの(武蔵野) 一二・四一
むさしのくに(武蔵国) 九・一〇

め

め(海藻) 一〇四
め(妻) 一五・一六・(六〇)
めかる(目離) 四六・八五
めくはす(目合) 一〇四
めしあづく(召預) 一二九
めのこ(妻子) 八七

も

も(藻) 五七・六五・八七
も(裳) 四四
も(喪) 四四
ものがたりす(物語す)
ものごし(物越) 五三・八三・九五
もはら(専) 九〇・九五
もろこしぶね(唐船) 二六
もんとくてんのう(文徳天皇) 六九

や

やつはし(八橋) 九
やまざき(山崎) 八二
やましなのぜんじのみこ(山科禅師親王) 七八
やましなのみや(山科宮) 七八
やましろ(山城) 一二二
やまと(大和) 二〇・二三
やもめ(鰥夫) 一二三

ゆ

ゆきひらのむすめ(行平女) 七九
ゆめがたり(夢語) 六三
ゆめぢ(夢路) 五四

よ

よごころ(世心) 六三
よし(縁) 一・八七
よし(由) 三・四〇・七八・一〇七
よのありさま(世の有様) 二一
よのなか(世の中) 二一・三八・四六・六三・八二・八四・一〇三
よばひわたる(婚渡) 六
よるのもの(夜具) 一六

ろ

ろうさう(緑衫) 四一
ろうず(弄) 九四

わ

わすれぐさ(忘草) 二一・三一・一〇〇
わたしもり(渡守) 九
わらうだ(円座) 八七
わらは(童) 六九・八五
わらはべ(童) 五・七〇
われから(我から) 五七・六五
われて 六九

ゐ

ゐづつ(井筒) 二三
ゐで(井手) 一二二
ゐなかびと(田舎人) 三三・八七
ゐなかわたらひ(田舎渡) 二三

ゑ

ゑ(絵) 九四
ゑふのかみ(衛府督) 八七
ゑふのすけ(衛府佐) 八七

を

をさをさし(長長し) 一〇七
をじほのやま(小塩山) 七六
をちこちびと(遠近人) 八
をの(小野) 八三
をはり(尾張) 七
をはりのくに(尾張国) 六九
をんながた(女方) 六五・六九・八七・九四
をんなのさうぞく(女の装束) 四四
をんなはらから(女同胞) 一・四一

校注古典叢書
伊勢物語

昭和四六年三月二五日 初 版 発 行
平成三十年八月一〇日 新装版一二版発行

著 者 © 片 桐 洋 一

発行者 株式会社 明 治 書 院
代表者 三 樹 蘭

印刷者 精文堂印刷株式会社
代表者 西 村 正 彦

製 本 精 光 堂 製 本

発行所 株式会社 明 治 書 院
郵便番号 一六九―〇〇七二
東京都新宿区大久保一―一―七
電話 〇三(五二九二)〇一一七(代)
振替口座〇〇一三〇―七―四九九一
〈検印廃止〉

ISBN 978-4-625-71301-9 表紙・扉 阿部 壽